JN122085

原子力空母を撃て！

The Secret of Dona Helix

目次

（本書はフィクションであります。登場する人物・団体は、実在するいかなる個人・団体とも関係ありません）

プロローグ

僕に与えられた任務は、原子力空母「ロナルド・レーガン」を爆破することだった。世界最強の巨大空母を爆破するという計画を最初に聞いたときは、僕は逡巡し、恐れ慄き、そしていままでの人生で一度も感じたことのない不思議な高揚感を覚えた。

そして、決行の日がきて、いま僕は自分の仕掛けた爆弾のすさまじい威力を目のあたりにして、横須賀軍港横のヴェルニー公園に立ちすくんでいる。夏だというのに冷え切った僕の頬に焼けるような熱い風が烈しく吹きつけ、真夜中というのに空は朝焼けのように明るい。横須賀米軍基地の軍港に横づけされた米軍の巨大船から、真っ赤な火柱が夜空を焦がすように高く燃えあがり、船体に大きく描かれている米国旗が炎に焼かれ苦し気に身もだえしている。僕たちの仕掛けた三キログラムのC４爆弾は正確に巨大船の心臓部を貫き、船体はすでに傾き始めて、そのでっぷりと丸い船尾の二本のスクリューを海面に突き出している。二本のスクリューは断末魔の悶えのように弱々しく回転し、今にも止まりそうであった。

「悪魔の船だった。すべてはあの船から始まったのだ」

「そうだね、クリス。君はあの船に長い間、あまりに長すぎる時間囚われていたのだね」

海兵隊員のクリスは眩しさに目を細めて、断末魔にあえぐ船を複雑な表情で見つめている。クリスにとっては母でもあり、家でもあり、全世界であったろう巨大船の最期を、どんな気持ちで見ているのであろう。さらに燃料タンクに引火したのか複数回爆発が起こり、船体は船尾を上にして一気にほぼ垂直になり、それは海上に立つ墓標のように見える。巨大な二本のスクリューが、なぜかむなしく空回りをしている。燃え盛る巨大船の周囲の海面は激しく泡立ち、吹き飛ばされた破片が海面に飛散している。漏れ出したオイルに着火したのか、巨大船の周囲の海面は激しく燃えだしている。

鼓膜が麻痺した僕の耳には、その爆発音は聞こえず、ただすさまじい衝撃波が感じられた。これでよかったのだろうか、いや、よいとか悪いということではなく、これしか選択肢はなかったのだ。僕はただ立ち尽くし自問する。

周囲に海鳴りのようにサイレンが鳴り響き、人々の怒声も大きくなっている。そして、この軍港に面したヴェルニー公園の木々の葉たちが、風もないのに大きくざわついている。この広大な公園には、年に二回薔薇の花が咲き誇る季節があり、基地の町とは思えない平和の祭典「ローズフェスタ」が毎年五月と十月に開かれている。公園の名は日本の近代化を支援したフランス人技師からとられているが、主にフランスの品種を中心とした百三十種類、二千本の薔薇が咲き誇る姿は圧巻である。

　こんな状況でもこの公園での初デートの情景が思い出される。あの時は真っ赤な夕陽が海を染め、凪もない海面は鏡のように穏やかで、キスもできない僕たちの姿を映していた。死ぬ前に走馬灯のように人生が見えるという、あれかもしれない。


「投降せよ、投降せよ、武器を捨てろ！　Lay down your weapons！」

　眩い光線に手をかざして周囲を見渡すと、僕たちの周囲をすでに多くの装甲車、パトカー、米軍兵士、スワット部隊、警察官が取り囲み、投光器のいく筋もの光の束の中に僕とクリスはいた。数えきれないほどの人数の彼らは殺気立ち、すべての銃口は僕らに向けられている。発砲されないように両手を高く上げたクリスはあたかも僕を守るように、大きな身体で僕の前に立ち、光の筋を遮る盾のようだ。僕とクリスの影は光の束の数だけ長く、ヴェルニー公園の敷石に黒い巨人が身もだえしているように、苦しそうに蠢いている。

　鳴り響くサイレン、怒号、投光器の光の束、そんななかでも目の前の海だけは、今夜も何事もなかったように静かにさざめいている。

「もうそろそろ終わりにしよう」

　にらみ合いが続くなかクリスは静かにそういうと、手にした携帯を頭の後ろにまわし、取り囲む彼らに気づかれないように発信スイッチを押した。

ドドーン！

公園の外の封鎖された道路、五百メートルほど離れた場所から大きな爆発音がして、一台の黒いワゴン車が吹き飛ぶのが見えた。僕たちを取り囲んでいた兵士たちの群れが大きく波打ち、彼らの銃口は一斉に爆発音のした道路の方面に向けられた。

あいつらだ、僕たちを利用し欺いた彼らは、僕たちが射殺されるのを見届けようとしていたのであろう。そして期待をこめてわくわくしながら双眼鏡を覗きながら、自分が死んだことも知らずに死んでいったことだろう。

「これでよかったんだよね」

僕は、今度は声にだしてクリスに聞く。

「そう、これでよかったのだ。すべて計画どおりだ。こんな状況だけど、海に飛び込む一瞬に集中することが、大事だよ」

クリスは地面に置かれた巨大な六十倍率のフィールドスコープを静かに拾い上げ、それは地面の上で影となっている巨人の手の棍棒のように見える。このスコープは「風の家」という海辺のカフェの備品であり、僕は、このカフェを訪れると必ずこのスコープで浦賀水道を行きかう船をよく見ていたものだ。六十倍率ともなると、正確に焦点を合わせて船を捉えることは非常に難しく、ほんの数ミリずれても対象の船を捉えられない。正確に焦点を合わせる作業は、いつも僕を夢中にさせたものだ。

僕たちの足元にはクリスが持ってきた大きな黒いダッフルバッグがあり、その中にはC4爆弾が二キログラムと、煙幕弾、閃光弾が入っている。さらに熱溶解性のビニール袋には僕とクリスの血液が十リットルも収められている。これらが同時に爆発すれば、閃光弾の閃光に人々は目が眩み数分は目が見えなくなり、煙幕弾の黒い煙は三十メートル四方を覆いつくし、視界を遮るだろう。僕たちの血液は四方に飛び散り、僕たちのDNAを残すだろう。起爆はクリスの持つ携帯の2番を押せばよいだけである。

そして僕たちは爆発と同時に海に飛び込み、湾内に設置されている防潜網をかいくぐり、港の外に泳ぎ出るのだ。あとは、浦賀水道の速い潮流が僕らを運んでくれる、僕たちの帰りを待っていてくれるあの人のところまで。

僕たちはこの日のために綿密な計画を練り、何度もシミュレーションを繰り返してきた。すべての手順は頭に叩きこまれ、身体に染み込んでいる。ここまではすべて計画通りだ。いや、計画以上にうまくいっている。僕たちが湾の外に出るころには、爆破した巨大船は暗黒の海底に沈んでいることだろう。

さあ、クリス、僕たちの航海に出よう。月の光が航路を照らしてくれているではないか。

僕たちは「あの人」のもとまで船を進め、新しい人生を「あの人」と歩むのだ。

今だ、クリス！　出航のドラを鳴らしてくれ！

すさまじい閃光と爆風が僕たちを包み込み、一瞬に僕たちは新しい旅路へと出航した。

この短くも長い爆発の一瞬に、僕は語りたい、ここ一年で僕たちの身に起きたことを、そして僕の心に起きたことを。欺瞞からの覚醒の物語を、この一瞬に凝縮して語ろうではないか。

一　風の家

僕の名前は鹿居純一（しかいじゅんいち）、駅から歩いて八分ほどのこの海辺のマンションに住んでいる。総戸数三百二十戸という巨大マンションであり、バブル真っ盛りのころに建てられたので、すでに築三十五年は経過していよう。当初売り出されたときには、四千万～九千万円という高級マンションであり、最上階には誰でも知っているロックバンドの歌手が住んでいた。歌手は無類の船好きで、近くのマリーナに巨大なクルーザーを停泊させていたそうだ。

最寄りの京浜急行浦賀駅は終点駅であったが、このマンションが販売開始された時期はまさしくバブルの絶頂期で、浦賀駅と久里浜線の久里浜駅とがつながる予定ということ、また周辺に巨大ショッピングモールができると喧伝されており、抽選販売になるほどの人気だったようだ。しかしバブルが弾けるとともに、それらの巨大プロジェクトはすべて立ち消えとなってしまった。それから三十五年が経過したいま、浦賀の駅周辺は閑散としており、閉鎖された浦賀ドックには、潮風に錆びついたいまにも崩れ落ちそうな巨大クレーンだけが、むなしく立っている。そして、産業の無くなった町からは多くの若者が去り、淋しい駅前と錆びに赤茶けた浦賀ドック前を、背を屈めた老人たちが行きかっている。

マンションを当初に買った住人の半数は亡くなるか転居しており、いまでは半数の住人が入れ替わっている。高齢化したこの町でここだけが、若い新しい住人が増え、老朽化したマンションに子どもたちの歓声が溢れている。それでも、マンションの管理は現在でも行き届いており、玄関ホールとエレベーターの古さは否めないが、全体的には当時の威容を保っているようだ。

「こんにちは」

今日も管理人の小林さんが愛想よく挨拶してくれる。

「鯵は釣れていますか?」、僕は『鯵釣り名人』の小林さんに、いつもそう挨拶する。

朝の七時から夕方五時までは二人の管理人さんが常駐してくれており、受付、ごみ置き場の片づけ、廊下の切れた電球の交換などをしてくれている。六階には六十台は駐車できる駐車場があり、自動車用専用エレベーター二基で行き来できるようになっている。もちろん、一階にも駐車場があるが、東日本大震災の津波被害を目の当たりにした住民にとって、今は六階の駐車場のほうが人気があるようだ。

二階から四階までが賃貸物件であり、その上階は分譲である。僕は四階の1LDKを借りている。僕の部屋の南向きの窓からは、浦賀湾の穏やかな水面が陽光を反射し眩しく見え、さらに左手にはバブルがはじけ開発を免れた低い山が新緑の青葉を光らせている。海と山、両方の景観を楽しめる、そこのところが僕は気に入っている。

浦賀駅は小さな駅である。外から見ても中から見ても小さい。ホームも一つである。それでもここ数年の改築工事でエレベーターも設置され、老人ばかりのこの町の住人はことのほか喜んだそうである。あまり知られていないが、品川－浦賀線が京浜急行では本線であり、浦賀駅は終着駅であり始発駅である。このことは、電車の入線メロディが「ゴジラのテーマ」であることと同じぐらい、浦賀住民は自慢している。なぜゴジラかというと、映画「ゴジラ」のなかで、観音崎近くの「たたら浜」という海岸にゴジラが上陸したからだ。管理人の小林さんと飲む機会が一度あり、小林さんは鯵釣りの極意はもちろん、映画「ゴジラ」の概要とゴジラの都市伝説を熱く語ってくれた。

「一九五四年に公開された東宝の特撮怪獣映画『ゴジラ』は、実は当時社会問題になっていたビキニ環礁の核実験から着想を得て制作されたんだよ。高さ五十メートルのゴジラの威容は大きな話題になり、映画は大ヒットしたとさ。でも映画の中で、『観音崎北東十五マイルの海中を北西に向け移動中のゴジラを発見し、京浜地区に警戒警報が流れた』とラジオ放送されているが、本当のところはゴジラが横須賀に上陸した映像はないのさ。それでも当時、地元で観光会社を経営していたKさんが『子どもたちが安心して遊べる観光地にしたい。地元にゴジラの滑り台を作ろう』と思い立って、たたら浜にゴジラの形をした特大の滑り台を造ったんだよ。ただ、『ゴジラ』というネーミングが使えなかったので、『ティラノサウルス』ということにしたわけだ。Kさんの思惑はあたり、『ゴジラの滑り台』として有名になり、多くの子どもたちに大人気となった。その朽ち果てて撤去された場所には今でもゴジラの足跡が残されているけど、君はもう行ってみたかい？　十分の一の大きさであるが、それでもかなりの大きさだよ。今では、近くには観音崎京急ホテルが建ち、海水浴客やドライブ客が押し寄せているよ。あと芝生が美しい横須賀美術館も見落とせないね」

小林さんの年齢からすると、映画の封切りは見てないはずだから、多分地元の誰かから聞いた話だろうが、この横須賀にそんな歴史があったことに僕は驚いた。

「はやく行こうよ、何をぐずぐずしているんだい」

猫のカントが僕を急がせる。カントも、海を見たいのだろう。

二十四階建ての巨大なマンションにピタリとひっつくように、自転車置き場とバイク置き場が設置されている。僕は自転車は持っていないが、バイクを持っているので駐輪契約をしている。起伏が多い三浦半島ではやはりバイクが便利であり、多くの住民が通勤のために駅前にもバイク置き場を借りている。マンションの駐輪場に停めてあるバイクにまたがり、ハンドルを握ると僕の心は少し高鳴った。そっとイグニッションを捻ると、エンジンが微かに身震いしながら心地よい音を立てる。横須賀は坂が多いので、５０ＣＣ原付では苦しい。そこで僕は125CCの原付バイクを選んだ。普通自動車保険の付帯でバイク保険をつけることができ、保険料も格安だ。台湾から並行輸入されたヤマハBWはとてもよく走り、同じ型のバイクにはまず出会うことはないので、僕なりに気に入っている。

「そこを右だよ」

背中にしがみついているカントは、まるで猫ナビだ。

マンション前の大通りから右折して、車一台がやっと通れるような海沿いの道に入ると、東叶神社に出る。横須賀市には神社仏閣が多いが、ここ浦賀はその歴史ゆえに特に神社仏閣が多い。お祭りの季節には、神社ごとに多くの神輿があるので、神輿が練り歩くときは交通渋滞が激しい。僕の住むこの辺りの地名は東浦賀で、湾の対岸が西浦賀であり、そこには西叶神社がある。両方の神社に参拝すると良縁に恵まれるというので、観光客は「浦賀の渡し」という渡船で往来して参拝している。もちろん、僕も両方の神社にお参りはしているが、いまのところご利益はないようだ。

「ご利益はなかったね。料金も値上げしたね」

そう、カントが言うように、つい最近、渡し船の料金が横須賀市民は二百円に、観光客は四百円に値上げされた。「生活の足だから住民は無料にして、観光客からは高く取れ」、というのが地元の方々の本音である。

東叶神社のすぐ右手にはマリーナがあるが、葉山マリーナのような豪華さはなく、静かな入り江の水面にこぢんまりした黄色い建物が映えていた。それでも数千万円単位のヨットやクルーザーが二十隻ほど、小型プレジャーボートが五十隻ほど陸置きされている。このマリーナの係留場所はせまいので、保管されている船舶はすべて陸置きであり、海に出るときは船舶専用の巨大エレベーターで海上に下してもらうことになっている。

「君はあの時、マーライオンになったね」

カントが僕を揶揄（やゆ）する。

今でもこの道を通ると、初めて船釣りに出た時を思い出し、僕の胸は少し痛んだ。このマリーナはヤマハシースタイルという、ヤマハボートが全国展開しているレンタルボートシステムに加入しており、会員ユーザーはネットで予約すれば、レンタカーのように船を借りることができるのだ。僕の友人も会員登録しており、二回ほど乗せてもらったことがあった。二十三フィートほどの小さな船だが六人定員で、簡易トイレもついている。ボートの免許は会員一人がもっていればOKで、レンタル時間が終わりマリーナに帰港すれば、係員が掃除から片づけをすべてしてくれ、時間単位の料金とガソリン代を払えばよいシステムだ。

波のある日の釣行では、小さな船は文字どおり木の葉のように揺れた。初回に手ひどく船酔いし、皆からマーライオンのように吐いていたと揶揄された僕は、二回目からはアネロンという酔い止め薬を飲むことにした。

仲間たちは常に釣りに熱中していたが、僕はシーアンカーというパラシュートのようなものを海に沈める係をしたり、錨をウインドラスというウインチで上げ下げしたりするのがメインだった。後はただ海を眺めていることが多かった。そんな僕だが、周りの仲間が皆、船舶免許を持っているのに刺激され、船舶免許二級を取得した。船に乗るには、まずロープワークを覚えなければならない。ロープの結び方は何十種類もあるが、基本のもやい結び、クラブヒッチ、クリートヒッチ、エイトノットは必ず覚えなければならない結び方だ。実際、僕も最初は覚えるのに難儀したが、今では目をつぶっていてもできるほどだ。僕の狭い家の居間の壁には「ロープノット額」という、実際に小さなロープで各種の結び方をしたものが納められた額を飾っている。

房総半島の海岸がすぐ目の前に見え、簡単に泳いで渡れそうに思えるが、走水（はしりみず）などという地名があるように、流れが速いので危険である。数年前にはすぐ目の前の猿島にゴムボートで渡ろうとした高校生が潮に流され三人が死ぬという悲しい事故があったばかりである。

「僕は海を見るのは好きだけど、海水浴や船に乗るのはいやだね」
泳げない猫のカントは、大の水嫌いである。

マリーナをすぎ、何棟もあるかもめ団地を抜けるとすぐに右手に目指すカフェが見えてきた。浦賀ドックという造船所の最盛期には、多くの職人たちがこのかもめ団地に住んでいたそうだ。

造船所が閉鎖されて久しい今は、住む人も減り閑散としている。カフェ「風の家」は海岸と細い道路に挟まれた細長い土地にぽつんと建っている。カフェの建物も細長で、今にも海の中に落ちそうである。二階建ての建物は、一階がカフェ、二階が住居になっており、外壁の板張りは真っ白に塗装されており、緑色の円筒形をした階段部分との対比が鮮やかである。その円筒形の形状から、階段は螺旋階段と想像される。よく旅行雑誌で目にするような、南フランスのカフェを髣髴(ほうふつ)とさせる。

カフェ内の窓は海側に観音開きに開き、やはり窓枠は緑色に塗られている。窓を全開すると、窓は額縁となり静かな入り江が絵画のようにみえる。カフェ内は四人掛けのテーブルが二つ、海側のカウンター席が六席、カフェ外にはテラスが二つあり、左側のテラスはデッキチェアがあり、パラソルが設置されていて、湘南あたりの海の家のようである。右側のテラスにはやはり四人掛けのテーブルが一つあり、ここは犬も入場ＯＫであり、愛犬家が愛犬とともによく来店している。

　僕がこのカフェに通い始めたのは、それほど前ではない。窓からの眺めがよさそうだな、単純にそれだけで訪れたが、パスタ、特にサザエのガーリックパスタが僕のお気に入りとなった。もちろん、パスタ以外にも刺身定食や煮魚定食、ピザなどもある。アルコール類も用意されているが、いつもバイクの僕は紅茶しか飲まない。また、人見知りの激しい僕だが、店のママとさりげない会話も交わすようになっていた。

　そしていつしか、仕事が休みの日にはこのカフェで昼食をとることが、僕のささやかな楽しみとなっていた。僕の勤める米軍基地に定休日はないので、僕の休みは不定期であるが、なるべく僕は水曜日から金曜日の間の日のどこかで休むようにしている。家族持ちの仲間などは皆、土日を休みたいので僕の要望は歓迎された。三浦半島は風光明媚で観光名所も多いので、土日は観光客が多く、特に季節のよい時期はサイクリングの自転車がこのあたりをわが物顔に走り回っているので、僕はできるだけ土日のバイクでの外出を控えている。下り坂を僕のバイクより早いスピードで暴走する彼らと、何回衝突しそうになったことか、だから平日にゆっくり休みたいのだ。月火は、カフェ「風の家」が定休日だから、この二日は休まず仕事をすることにしている。

車四台分しか停まれない小さな駐車場を避け、カフェの入り口階段横に僕はバイクを停める。赤いバイクはマンションの暗い駐車場で見るよりは、心なしか鮮やかに誇らしげに輝いていた。塩水で白くなった流木を削った看板には、「風の家　レラ・チセ」と赤いペンキで書いてある。「風の家」は立地からわかるが、「レラ・チセ」という言葉の由来については、後でゆっくり語ろうと思う。


「いらっしゃい」

今日はいつものママの声でなく、髪を後ろでまとめた若い女性が出迎えてくれた。Gパンに黒いエプロンがよく似合っている。

「いらっしゃい、純くん、新しく手伝ってくれるミキちゃんよ」

いつもの愛ママが出てきたので、人見知りの僕は少しほっとした。愛ママもそうだが、皆が僕のことを「純一」でなく「純くん」と呼ぶ。そして、僕はそう呼ばれることにもう慣れ切っていた。注文以外にママと会話を交わすまでには、僕は何回も店に通わなければならなかった。

「ちょっと通りかかったから」

僕は何を言い訳しているのだろう、物事には理由などないことが多いのに。はっきりと「パスタを食べに来ました、愛ママの顔を見にきました」と言えれば、どんなに楽なことだろう。

「いつものお願いします」

メニューも見ずに僕は常連客のように注文する。

「いつものね」

ミキという娘がいたずらげに復唱した。きっといまごろ、愛ママに「いつもの」とは何か聞いていているにちがいない。店には先客が一組いて、店に備え付けの双眼鏡で眼前の海をみている。目の前の海は多くの船が行きかうので見ていて飽きない。貨物船、タンカー、軍艦、漁船、ヨットと多彩である。この浦賀水道はその交通量の多さから、船どうしの衝突事故も多発している。


マンションの僕の部屋からも見える対岸の西浦賀に燈明堂（とうみょうどう）という風光明媚な岬があり、そこには日本最古の和式灯台が復元されている。この灯台は慶安元年に建設され、菜種油を燃やし海を照らしていたそうだ。そして、さらに有名な観音崎灯台は日本最古の洋式灯台であり、設計はフランス人技師レオンス・ヴェルニーらで、明治二年に完成している。観音崎灯台は横須賀の一大観光地となっており、一年中多くの市民や観光客が訪れている。特に夏場は、湘南海岸と異なりここではバーベキューが可能なので、家族連れや団体の若者たちで大混雑となる。一方、この燈明堂はいわば僕のプライベートビーチであり、ほんの少数の地元の住民しか来ないのが嬉しい。最近は米軍基地の家族連れもたまに見かけるようになったが、まだ混雑するほどではない。江戸時代には燈明堂の一角が処刑場だったこともあり、地元民は「首切り場」と呼んで、近づかない人もいるほどだ。

燈明堂の市営駐車場のすぐ横の林には立派な野良猫の家が作られている。木材とベニヤ、屋根はトタンで、二階建てになっていて、なかなかの造りである。猫好きの地元の人々がかいがいしく面倒をみている。仕事が休みで、天候が良い日の朝は、家で簡単なサンドイッチをつくり、バイクで十分ほどの、この燈明堂の芝生の上で食べるのも格別な楽しみである。人懐こい猫たちにおすそわけをし、上空ではトンビが僕のサンドイッチを狙っている。

料理を待つ間、開けはなたれた窓から海を見ながら僕は持参したパソコンを開いた。B5サイズのこのノートパソコンはつい先月に買ったばかりだが、とても軽く使いやすい。新聞を取っていない僕は、今日のニュースをざっとニュースサイトで読むのが習慣であった。

そして、ふと思う。子どものころから友達、知り合いの少なかった僕だが、ここ数カ月でなぜこんなに多くの人と知り合えたのだろう、そういう思いがなぜか心の奥に淀んだ。多くの知り合いができることは本来はよいことだろうが、不器用な僕は彼らへの対処にやや苦労している。

　突然、目が眩み、僕は軽い頭痛を覚えた。最近、このような頭痛が起きることが多くなっていた。そして僕は、どこかに何か大事な忘れ物をしたような、言いようのない不安感にさいなまされた。

「僕は誰なのだろう?」、馬鹿な質問を僕は僕にする。

　海からの風は、カフェの中を通りすぎると、その湿気を店内に置き去り、軽やかに去っていった。そして僕の頭痛は嘘のように消え、現実に引き戻される。

「おまちどうさま」

　ガシャンと、ちょっと手荒にミキという娘はパスタの皿を僕の前に置いた。

「ミキ」とはどんな漢字を書くのかな、聞きたい気持ちを抑えて、ただ僕は小さくうなずく。白い皿には大きなサザエの殻が置かれ、パスタには大きめに切られたサザエと肝が添えられている。ガーリックの香りが潮風に混じり、僕の食欲をかりたてた。ミキの後ろ姿をちらりと見やったが、小柄だが均整のとれた、なかなか魅力的な体つきだ。

　眼前の海では、海鵜が数匹潜っては浮き上がる狩りを繰り返し、魚を捕っている。一度潜ると、心配になるほど長い時間潜っている、そして視界のはずれたはるか離れた海面に突然顔をだし、僕を安心させる。

「また『ロナルド・レーガン』が入ってきたわね」

愛ママがエプロンのポケットに両手を入れながら、話しかけてきた。こうした小さな仕草が僕を魅了する。

「うん、また街が賑やかになるよ」

「あの船には何人ぐらい乗っているの？」

「平時は約四千四〇〇人ですよ。四交代で下船しても、千人がドブ板に繰り出すわけだから、バーが賑やかになるわけです」

「純くんも忙しくなるわね」

確かに、原子力空母はひとつの小さな町と言える。補給廠サプライヤードという僕が所属する部署は、大型軍艦が入港するたびに目が回るほどの忙しさになる。食料、医薬品、雑誌類、郵便物など、乗組員の数に比例して膨大な量である。でも、僕はこの仕事が気に入っている。あまり余計なことに気を使わなくてよいし、なにより会話は最小限ですむ。もし、就職活動中に何となく希望していた食品メーカーのどこかにでも受かっていたら、もうとっくに僕は会社になじめず辞めていたかもしれない。やはり人生は「塞翁（さいおう）が馬」といえるかもしれない。

米軍基地で働き始めてまず感じたことは、ここ横須賀では、米軍・自衛隊と市民が比較的うまく共存していることだった。米兵と市民の交流の場も多く、お祭りでは米兵専用の神輿まである。また、ドブ板通りや汐入のバーなども、ＭＰ（憲兵）がパトロールしているので、ほとんど米兵による揉め事は聞かない。横須賀に駐屯していたり、寄港する米兵の多くは都会出身者ではなく、またヒスパニック系の兵士も多く、彼らはグリーンカード兵士などとも呼ばれている。日本人の女性と結婚や交際しているアメリカ兵も多いが、ほとんどが有色人種の兵士である。これは第二次世界大戦敗戦後、朝鮮戦争時、ベトナム戦争時から、同じ傾向かもしれない。高級士官たちには、米軍基地内に住まず、基地外の一軒家やマンションを借りて住んでいる者も多い。ドブ板通りにある、米兵相手の不動産屋には賃貸物件が数多く募集されている。家賃は二十万から三十万と横須賀にしては高いが、米兵相手ではこれが相場のようである。かなりの人が、米兵好みの間取りの一軒家を建てたり、新築マンションを購入して、米兵に貸しているのも、この家賃をみればうなずける。ちなみに僕のマンションの家賃は四万五千円である。

こうして、僕は仕事が休みの日は、カフェ「風の家」でランチを食べるのが習慣となっていた。

「純くんは自炊することあるの」

愛ママがいたずらげに僕に聞いたことがあった。

基本的に僕は料理をしない、いや、する必要がないといえる。僕の部屋の小さなツードアの冷蔵庫には、たいしたものが入ってない。牛乳、ヨーグルト、あと多少の野菜と果物だけである。そうそう、卵もいつも買って入っているが、僕は卵を買うとすぐにすべてをゆで卵にしてしまう。ゆでる前に大きめなスプーンの背で、コツコツと軽く卵にヒビをいれてから鍋にいれるのが、僕流である。こうすると簡単に卵の殻がむけるようになる裏技で、母が教えてくれたものだ。そしてゆでた卵の半数は、トンビたちへのプレゼントになる。ベランダのテーブルにむいたゆで卵を一つとアルミ皿に水を入れて置いておくと、いつのまにかなくなっているのだ。ある時、ゆで卵を持ち去られたテーブルの上に、一本の茶色い羽根が落ちていた。それは立派なトンビの羽で、インクをつければペンになりそうに大きかった。僕は勝手に、「トンビの恩返し」と思っている。

そして、もし必要なものがでてきたら、歩いて五分とかからない二十四時間営業のミニストップに買いに行けばよいだけのことだ。このミニストップはいわば、僕の食糧庫といえよう。僕はいつも朝はやめに基地につき、食堂で朝食をとり、昼も基地内でとる。夕食だけは汐入か横須賀中央の居酒屋かバーで、ほんの少しのお酒とともにとるからだ。

愛ママは五十代初めぐらいで、すらっとした清楚な感じの女性であり、彫の深い顔立ちの美人である。仕事中は髪をまとめているので、僕は髪をおろした愛ママを想像してみることもある。前はイタリア料理店だったこの物件を買い取り、ここでカフェを始めて四年になるそうだ。一人でお店を切り盛りしており、愛想よくお客とよく会話を交わしている。でも僕は何となく気づいている。愛ママは、『店の主人と客』という距離感をたもって話し、それを崩さない。それでも愛ママが他のお客と話していると、僕はジェラシーを感じてしまう。ミキというアルバイトが休みで、お客が僕一人の時は、僕はついいつもより少し長居してしまうようだ。愛ママが家族をもっているのか、子どもがいるかについては、僕は何も聞かされてないし、聞く勇気もない。ただ、時折見せる、遠くを見るように目を細めた寂しげな表情から、勝手に愛ママは独身だと、僕は決めつけているだけだ。

ミキがアルバイトを始めてからというもの、ミキも僕と同じ年齢ということもあり、彼女ともよく会話をするようになった。ミキは生粋の横須賀ギャルで、横須賀市以外には住んだことはないそうだ。ただ閉口するのは、ミキが僕のことについて質問攻めにすることだった。それを除けばミキは可愛く、はっきりいうと僕好みの顔をしている。

「この娘とつきあおうかな」、僕は本気でそう思うこともある。

愛ママはとても魅力的な女性だが、母親ぐらい年が離れている。それに僕のような若造の相手などしてくれるわけがないことは、わかりきったことだ。そんな自分よがりの悩みはあるが、横須賀に来てからの一年半は楽しく穏やかなものだった。僕が産まれてから大学卒業まで住んでいた川崎市のN町からは、南武線で川崎駅まで二十分、京浜急行で浦賀まで四十分ほどと近く、車では一時間もかからない。そんな近距離の場所に、ごみごみした川崎とは別世界の風光明媚で静かな街があり、静かな生活があったとは。

そして浅はかにも僕はこのような穏やかな日々が、時計の針が時を刻むように、永遠に続くと思っていた。

*

「恋をしたのかい？」

家に着くのが待ちきれないのか、バイクで疾走している僕に、猫のカントはつつくように聞いてくる。実家で飼われていた猫カントは去年十八歳で亡くなったが、今でも僕の心のなかで生き続けている。死んでからのカントは饒舌で、すこし生意気だ。本人にいわせると、猫の一年は人間の五年にあたるそうで、カントは僕よりはるかに年上で、人生の大先輩になるからだ。カントは茶トラの猫で、父がどこからか拾い、母がことのほか可愛がっていた猫だ。あまり子猫らしくないところがあり、じゃらしても、仕方なく僕たちにつきあっているような猫だった。トイレもすぐ覚え、畳や柱を傷つけるようなことも、僕らの食事を盗むことも、一切しなかった。そういう意味では行儀のよい猫であった。

もちろん、僕がこうして死んだ愛猫カントと話していることは、誰にも言わない。気が違ったと思われるか、精神分析医を紹介されるのがおちだろう。もともと僕が六歳のときにカントはわが家に来たわけだが、いつしか僕は学校から家に帰ると、カントにその日に起きたことを話していた。もちろん、カントは何も理解しないし、頷きもしないし、相槌も打たない。ただ僕が一方的に話しかけていただけのことである。

「ミキはいい娘そうだね。でも、僕はあの美魔女も捨てがたいな」

カントは勝手なことを言い、動揺した僕は斜めになったヘルメットを直し、運転に集中する。

「ラインを交換したから、一度会ってみるよ」

恋をしたこともないカントはうらやましいのかな、僕は少し猫の人生を考えると同情する。確かにカントが言うように愛ママは、僕の母親とほぼ同年代だが、魅力的で若々しい。ただ、愛ママと会話をしていても、いつも心の動きを読まれているようで怖いのも事実だ。おそらく彼女の長い人生経験がそうさせるのだろうが、それに比べ、ミキは僕と同年代で性格もストレートそうだ。ミキとなら、対等なつきあい、ひょっとしたら僕がリードする付き合い方ができるかもしれない。

グイン、僕はアクセルを一気に開き加速する、前輪が少し浮き上がり、猫のカントは振り落とされないように僕の背中にしがみつく。

二　クリスパー・キャスナイン

「僕の名前は、クリスパー・キャスナインです。クリスと呼んでくれたら嬉しいな」

「僕は鹿居純一、ジュンと呼んで」

　初対面のとき、クリスはゆっくりではあるが、はっきりとした日本語でそう僕に挨拶してくれた。握手に慣れていなかった僕は少しはにかみながら、さしだされたクリスの手を握った。クリスの手は大きく分厚くて握力の強さを感じ取れたが、生卵を包み込むように僕の小さな手を柔らかく握りかえしてくれた。

　今、僕とクリスはドブ板通りのバー「チェリー」のカウンターに片肘をつき、クリスは僕のほうに半身になっている。店はかなり混んでおり騒がしいが、クリスの透き通るような声はよく聞こえる。


　クリスは米軍基地での僕の同僚だ。僕は横須賀米軍基地に就職してからまだ一年半だが、サプライヤードに配属された時に、クリスはすでにそこで働いていた。まだ右も左もわからない僕に、クリスは教育係として仕事の手順、細部について教えてくれた。その教え方はお世辞にも手際のよいものではなかったが、クリスの心の優しさが伝わってきた。おそらく不器用なクリスも仕事を覚えるのに難儀したので、僕の苦労がわかるのではと感じた。僕たちが所属するサプライヤードの人員は八十人ほどであった。さらに十人単位で小さな班に分けられていた。僕たち「RR班」は、その名のとおり原子力空母「ロナルド・レーガン」の担当であるが、班長はゴードンという軍曹であった。後で彼はテキサス州出身と聞いたが、でっぷりと太った赤ら顔の五十代の白人の男だった。ゴードン軍曹はいわゆる「嫌な奴」だった。常にガムを噛み、怒鳴り散らし、指示するだけで、自分では実作業は何もしなかった。日本人に対しては意外と優しく接していたが、おそらく米軍の日本人対応マニュアルに従っているだけだろうと、僕はにらんでいた。ゴードンはクリスに対して特に厳しく当たり、時には皆に見えないところで尻を蹴り上げていた。

僕には不思議だった、なぜクリスはゴードン軍曹の不条理ないじめに文句を言わないのか。クリスはいわゆるマッチョである。身長はゆうに一九〇センチを超え、体脂肪のない比重の高い体質のようで体重もかなりありそうだった。全身これ筋肉で、ボディビルダーも真っ青になるような体格だった。おそらくどこのボディビルの大会に出ても優勝間違いなしだと思う。大胸筋は盛り上がり、腹筋は見事に六つに割れていた。腕の太さは僕の胴体ぐらいありそうだった。その大きな身体の上に、ふつりあいな小顔の金髪の優しい顔があった。また、クリスには体毛がなく、白い肌は陶磁器のようにすべすべしていた。

そうそう、僕たちが航空母艦の食糧庫に大量の野菜を運びこんでいるときの話だが、クリスらしいエピソードがある。前から保管されている野菜はまず前面に出し、新しく運び込んだ野菜を倉庫の奥に積み上げるのだが、やはり船の倉庫である、ゴキブリやネズミなどがよく見受けられるのは当たり前である。作業中、クリスの動きがピタリと止まり、微動だにしなくなった。

「クリス、どうしたんだい？」

クリスは黙って自分の腕にへばりついたゴキブリを、青空を映した湖のような瞳で見つめていた。

僕の言葉にクリスは不思議そうな顔で言った。

「殺すか追い払ったら」

命拾いしたゴキブリはすぐに積まれた箱の陰に逃げ込もうとしたが、一瞬だけクリスのほうを振り向いたように見えた。

「逃がしてあげよう」

そう、クリスは虫も殺せなかったのだ。いかに強靭な肉体をもっていても、これでは兵士にはなれない。クリスの精神は軍人にはあるまじきものだった。ではなぜクリスは軍人になり、サプライヤードの作業員として冷遇されても居続けるのだろうか？　僕の疑念は際限なく広がっていった。

　そんなクリスだが、サプライヤードでは僕の一番の友達である。時にはドブ板通りのバーで飲んだり、若松マーケットという飲み屋街に出かけた。クリスはアルコールはまったくだめで、もっぱら飲むのはジンジャーエールか牛乳だった。クリスの特徴というと、彼は気を悪くするかもしれないが、とてつもない大食いであり、二時間おきに何かを食べなければならないことと、冬でもTシャツ一枚で平気なことである。さすがに基地の外では人目を気にして、何かしら上着を羽織るようにはしていた。

「優しくて力持ち」の弱虫、そんなクリスが僕は好きだった。いみじくも原子力空母ロナルド・レーガンのモットーは「Peace Through Strength」である。


「君はどこで日本語を覚えたんだい？」

　クリスは日本に赴任して二年ほどだが、かなり日本語を上手に話す。なぜだろう。

「横須賀基地に赴任した時は、日本語はまったく話せなかったんだ。僕は米国から出るのは初めてだったので、日本の横須賀の町は見るものすべて面白く、一週間ほど町を隅から隅まで歩き回った。すると、最初は呪文のような日本語が、霧が一気に晴れたようにある日、すべて理解できるようになっていた。日本語を勉強したこともないので、自分でも驚いたよ」

クリスは語学の天才なのかもしれない。クリスは日本語の文字もなんなく読めるようになっていた。

「ドブ板だけでなく、君は若松マーケットにも出かけることがあるのかな？　僕もあの通りにはよく行くよ。『白根家』という居酒屋が僕の行きつけの店だよ。そのうち一緒に行こうか」

「僕は『ロッキングストーン』というスナックに、時々行くよ。不思議なことに『ロッキングストーン』に行きだしてから、日本人の知り合いが何人もできたんだ」

クリスはなぜだかすこし嬉しそうだ。「ロッキングストーン」という店がどこにあるか僕は知らなかった。米兵の溜まり場なのかもしれない。クリスは出身地や家族のことを一度も話題にしないが、僕も自分のことはあまり話さない。人種、国籍、体格などの違いがあるが、僕たちは似た者同士なのかもしれない。

「君はその『ロッキングストーン』で何を飲むんだい？」

「僕は乳酸菌飲料を飲むんだ、それも大量にね。日本語では『鯨飲馬食』という言葉があるよね。店のマスターのモックくんが僕のことをそう呼んでいた」

クリスは静かに笑った、クリスが声をだして笑ったのを僕は見たことがなかった。

「鯨飲馬食は『 gay in bar shock 』と覚えるよう、モックくんは教えてくれたよ。そしてお腹がいっぱいになると僕はたいてい店で寝てしまうんだ。気がつくと、よくあの店の小上がりで寝ていたよ。迷惑だよね」

　小上がりに巨体のクリスが寝ている姿は、ちょっと僕には想像できない。

「でも数回通ううちに、店は居心地がよくなり、人見知りの僕だけど、店主のモックくんとは普通に話しをすることができるようになったんだ。僕にとってはすごいことだよね」

「どんな話をするのかい？」

「いつも他愛ない話だよ。もちろん基地内部のことは話題にしないけどね。でもモックくんは僕が帰る時、英文が書かれた小さな紙をくれるんだ。『Man the ship and bring her to life』とか、『it's always darkest before the dawn』、他にも何枚も」

「それはどういう意味かな？」

「最初のは、ロナルド・レーガンの就役式典でミセス　ナンシー・レーガンが宣言した言葉だよ。『総員乗艦、艦に命を』という掛け声さ。次のは、『いつでも夜明け前が一番暗い』かな」

「船って女性なんだね。それに夜明け前は一番寒いよね」

　なるほどと、僕は感心して答えた。そのモックくんとかいう店主はどのような意味を含めてこの言葉をクリスに書いたのだろうか、一度モックくんなる人物に会いたいと思ったが、なぜか言いようのない不安も感じた。

「ここにいたんだね」

突然、三十代後半くらいの白髪をなびかせた小柄の白人の男が、カウンターのクリスに話しかけてきた。身長は百七十センチほどで、僕とほぼ同じ背丈だったが、軍人らしく背筋がまっすぐ伸びていた。

「ジークさん？」

「ちょっと大事な話があるから来てくれないか。悪いね、クリスを借りるよ」

ジークと呼ばれた男は素晴らしく流暢な日本語と品のある英語を同時にしゃべり、僕に謝罪し、クリスは彼のあとをついて基地内に戻ったようだった。二人は体格も顔も似ても似つかなかったが、何となく年の離れた兄弟のような雰囲気である。


ものの三十分ぐらいして、クリスはバーにひとりで戻ってきた。

「だいじょうぶ？」

クリスはちょっと元気がなかったが、僕の聞きたいことを察して話す。

「ジークさんは僕の先輩なんだ。本名はジーク・フィンガーといい、僕たちは軍隊に入る以前からの知り合いなんだ。彼はあの若さでもう少佐で、しかも戦略作戦本部のね」

『戦略作戦本部 Strategy Operation Headquarters』はこの米軍基地の中枢であり、エリート集団である。そんなエリートの少佐とクリスは、どのようなつながりがあるのだろう。

「ジークさんは人並みはずれた記憶力とＩＱがあるんだ。彼は一目みた書類や設計図などを永久記憶できるんだ。それは記憶というよりは、写真で撮るようなものだとジークさんは言っているが」

クリスのしゃべりかたからして、ジークさんのことを本当に尊敬しているようだった。

「とにかく、ジークさんと僕は、それはそれは長い関係なんだ。でも、最近のジークさんは僕が外出することを、多くの日本人と関係をもっていることを心配しているんだ」

ジーク少佐の心配は何となく僕にもわかった。クリスは純真で人を疑うことを知らないが、言い方を変えれば「世間知らず」といえる。クリスとジークさんの長い関係についてもう少し聞きたいと思ったが、遠くを見つめるようなクリスの横顔を見て、僕は質問するのをためらった。クリスは時々このような、心が身体から離れてどこかに行ってしまったような表情をする。

「好ましくない多くの日本人のなかには、僕も入っているのかな？」

「君は違うよ、君はある意味、特別なのだよ。ただ、ジークさんは君のことを、すでにすべて調べ上げているようだよ、おそらく情報将校としての性(さが)からかもしれないけどね」

「僕のことを？」

白子のように白い肌の情報将校ジークさんは、とてもこわい人なのかもしれない、でも僕を調べても、つまらない何のとりえもない人物像が浮かび上がるだけだろう。

三　運命の出会い

すすり泣くようなトランペットの音色が心地よい。僕は時代物の木製のカウンターに彫られた英語の落書きを指でなぞりながら、そっと目を閉じる。マイルス・ディヴィスの「Blue in Green」は、一瞬にして店の雰囲気を変えることができる。バーテンダーのヒロシさんの受け売りだが、ディヴィスのトランペットの音色にビル・エヴァンスのピアノがついてゆく。目をとじて聞いていると、閉じられた目に微妙な色彩の変化が感じられる、これこそが「Blue in Green」の曲名の謂れなのだ。

この「チェリー」というバーは横須賀のドブ板通りのちょうど中心にあり、多くの米兵や、米兵を目当てにくる日本人の女性たちで、いつも混みあっていた。ドブ板通りには大小あわせて五十軒ほどのバーがひしめいている。

「ドブ板通りには二つの顔があるんだよ、スーベニアショップやハンバーガー店などで賑わう『昼のドブ板通り』、夕方になると英語のネオンサインが輝き米海軍兵士たちが集まる『Dobuita Street』だよ」

ヒロシさんが教えてくれるとおり、確かに、ここドブ板では多くの店でドル紙幣が使え、この通りの中にいる限りは、アメリカにいるような錯覚に陥る。

　ハンバーガーの人気店「TSUNAMI」では高さ二十五センチの「第7艦隊バーガー」を筆頭に、「ロナルド・レーガンバーガー」、「ジョージ・ワシントンバーガー」と艦船の名前をつけた商品が多い。また、町おこしで宣伝に力を入れている横須賀カレーも多彩だ。明治四十一年に発行された『海軍割烹術参考書』にはカレーライスのレシピもあり、そのレシピを踏襲したのが「よこすか海軍カレー」であり、認定店は四十店をこえている。また、「横須賀海上自衛隊カレー」は十六種類もあり、「砕氷艦しらせ」、「護衛艦ゆうぎり」などと、やはり艦船の名前がつけられている。ちなみに横須賀カレーには必ずサラダと牛乳がついてくるのが横須賀流だ。

　横須賀スタイルといえば、温豆腐にからしがべったり塗られていること、ホッピーは「三冷ホッピー」といって、氷をいれないというのも横須賀スタイルである。三冷（さんれい）とは、冷やしたグラス、冷やした焼酎、冷やしたホッピーということで、氷が入ってないので東京の居酒屋のホッピーより三倍は焼酎の量が入っている。よくテレビで紹介される「中央酒場」という有名な居酒屋では、ホッピーボトルの年間使用本数が日本一であり、その焼酎の濃さのため、お客は三杯までしか頼めないのだ。

　そして僕はというと、仕事帰りにこの「チェリー」に来ることが多い。流れるジャズの選曲がまず僕の好みであり、あとバーテンダーのヒロシさんとのたわいない会話も楽しい。

ヒロシさんは僕より十歳ほど上で、高校を出てからずっとバーテンダーをしているそうだが、この店に働きだしてからは三年ほどだ。着古したGパンに米兵にもらったハバナ製のアロハが彼のユニフォームで、よく米兵に派手なアロハ柄をからかわれている。

ガシャン！

軽快なジャズのリズムを乱して、僕の後方で大きな音がした。カウンターの僕が驚いて振り向くと、腕にびっしりと入れ墨をした若い白人の男が床に吹っ飛んで倒れていた。

「喧嘩かよ」

僕はカウンターのジャックダニエルが入ったグラスをこぼれないように押さえながら、カウンターの椅子は床に足がつかないほど高いので、体を横に少しずらして片足を床につき身構えた。カウンターには、僕ともうひとり初老の背の高い痩身の日本人男性が座っているだけである。スーツ姿の服装からみて観光客とは思えない。老紳士は大きな音が聞こえただろうに、微動だにしないで、何事もないようにグラスのウイスキーをなめている。

最近は少なくなったが、ここ横須賀のドブ板のバー街では、たまに小さな喧嘩が起こる。原因はささいなことだが、アフガンやイラクなどから帰国し、まだ戦場でのアドレナリンが抜けきれていない兵士は危険である。バーテンダーのヒロシさんはなれたもので、もう掃除用のモップの用意をしている。

「フガッ」

　得体のしれない声を出して倒された小柄な男が、突然ナイフを抜いて立ちあがった。戦闘用のダガーナイフではなく、いわゆるジャックナイフだ。喧嘩相手の大男の米兵は一歩たじろいだが、米軍の兵士はナイフごときでは驚かない。手近の丸椅子に手をかけ応戦体制に入った。誰もがこれから起こることを想像し、固唾をのんだ。

「テイク イット イージー」

　カウンターの初老の紳士が唐突に二人の間に素早く、僕には瞬間移動したようにみえたが、割って入った。紳士はぽかんとしている男のナイフを持った手に、軽く自分の手を添えてなだめているようだった。

「まずいよ、爺さん、これは日本人同士の喧嘩と違うよ」

　そう思った僕だが、もちろん止めに入る勇気などない。自慢じゃないが、僕は非力だ、巻き添えでけがをするのは嫌だ。バーの入り口まで避難して振り向いたが、何も動きがない。二人の兵士、老紳士はまるで静止画写真のように動かない。ほんの数秒だろうか、ナイフの男がふっと息を吐き、肩の力がすっと抜けるのが見て取れた。

「ソーリー」

　その男はすこし青ざめた顔をして、カウンターに二十ドル置いて店をおとなしく出ていった。大男のほうも拍子抜けしたのか、また気まずさを隠すように倒れた椅子を元に戻し始めた。

「やれやれ、どうですか店を変えて飲み直しませんか」

初老の紳士は僕に顔を向けずに、カウンターの先のボトルの陳列棚に視線をやりながら呟いた。バーテンダーのヒロシさんは何事もなかったかのように、グラスをまた磨き始めた。一杯目のジャックダニエルを飲み干していた僕は老紳士の言葉にうなずき、勘定をすませた。老紳士の素早い身のこなしに、すこし興味をもったからである。

店を出ると、ドブ板通りを離れ、老紳士は振り向きもせず、京浜急行横須賀中央駅にむかってどんどん歩いて行く。そして、駅にほど近い「若松マーケット」という昔ながらの飲み屋街に入っていった。新宿のゴールデン街のように長屋風の建物が並んでいるこの通りなら、僕も知っている店は何軒かある。昔は闇市だったそうだが、今はこじゃれたスナックや居酒屋が並び、観光客や女性客も多くなっている。

「あれ、『白根家』に行くのかな」

「白根家」は客席十五ほどのこぢんまりとした居酒屋である。ご主人が船釣りのモーターボートを所有している店で、僕もここのご主人、お客とは数回ボート釣りに行ったことがあった。ご主人が釣りに出た日は、朝どれの新鮮な魚が冷蔵ケースに並び、メニューの品目がぐっと増える。壁一面には、自分の釣果を自慢する釣り人の写真が日付、釣場情報とともに、ところせましと貼られている。残念ながら僕の写真はまだない。鯛ラバで大きな真鯛を釣り上げ、満面の笑みの僕の写真がここに貼られるのはいつのことやら。

だが、老紳士は「白根家」の数件先の細く急な階段を、歳に似合わず軽快に上がっていった。老紳士はその細い背中で、しっかりと僕の存在を感じ取っているようだった。

「ここは『ロッキングストーン』という店で、ご主人は僧侶なのですよ。私は木村といいます」

ここがクリスが前に言っていたスナック「ロッキングストーン」か！　僕の行きつけの居酒屋白根家のすぐ近くにあったことに僕は驚いた。

老紳士はさらりと自己紹介した。僕はといえば、紹介するようなことは何もないが、とりあえず何か答えねば。

「鹿居純一、二十四歳、歯科医ではなく、動物の鹿、居候の居です。基地で働いています」

「基地」というとき、僕はすこし誇らしかった。

「ほう、基地で働いているのですか、いろいろ大変では？」

キム爺（木村爺さんなので僕はそう名付けた）は、六人ほどしか座れないカウンターの一番端に陣取り、頬杖をしながら聞いてきた。細長い皺が多い顔で、少し長めの銀髪が品をかもしだしていた。

「基地で働いている」か。嘘ではないが僕は軍属でもなく、基地内の運営、いやはっきり言おう、物資の補給担当で、補給廠、かっこよく英語でいえばサプライヤードに配属されている。様々な業者から納品される食料品や雑貨などを必要な部署に配達する仕事だ。単純作業で、英語力もほとんどいらない、誰でもできる仕事だ。

僕は川崎で生まれ、都内の二流大学を目的もなく卒業して、何の技量も身につけてなかった。クラブ活動などにはなじめず、友達もほとんどできなかった。そんな僕だから、近年にない就職難もあり、何社も応募したが、内定はどの社からももらえなかった。そんな時に、数少ない友達の一人が、見かねて手を差し伸べてくれたのだ。彼は横須賀市出身で、親父さんが市会議員をしていた。そのつてで、僕は横須賀米軍基地に勤めることができるようになった。基地に日本人の仕事があるなど全く知らなかった僕だが、基地への英文の通行証明書をもらったときは、さすがに嬉しかった。家族、とくに母親が格別喜んでくれたが、「うちの息子はベースで働くのよ」と近所中に言いふらしたのには閉口したものだ。母は、幼稚園、小学校、中学校、高校、大学の僕のあまりの存在感のなさをいつも嘆いていた。

「この子はできないことがあると、いつも言い訳ばかりしている」

母はそう思っていただろうが、それでも僕を見放さずにはいてくれた。そんな母も昨年亡くなり、それも癌にかなり苦しんで死んでいった。僕の就職が決まったことが、最後の親孝行になったかもしれない。そして、僕が小学校にあがる前にわが家にきた猫のカントも、母親の後を追うように死んでいった。あまり猫らしくない猫だったが、名前のように哲学者が瞑想しているように静かに十八年の一生を終えていった。

基地に働き始めて、もう一年半が過ぎようとしていた。一カ月の研修期間後に僕は補給廠に配属された。基地内では膨大な物品が消費されていた。事務用品、電気製品、食料品、医薬品と、軍事関係以外の物品は市内の業者から納品されていた。基地の中には兵士用の集合住宅、病院、学校、スーパー、マクドナルドなど、何でも揃っており、ひとつの隔絶された町のようであった。一歩基地の中に入れば、弾薬庫や武器庫などの重要建造物以外はほとんどフリーパスで出入りできた。その意外なほどの鷹揚さに最初は驚いたものだ。

「木村さんはどんなお仕事ですか？」

「はは、公務員でしたが、退職した今は嘱託で仕事を週に三日ほどしています」

僧侶でもあるというマスターのモックくんが、小さな白い皿にのった燻製チーズをだしてきた。「世界初　SOY & COCONUT MILK CHEESE」、「乳酸菌運動推進ソーラーラークチック仏教僧侶の店」などという怪しげな張り紙が店の壁に標語のように貼られている。

「カルトかよ」

僕はとんでもない店につれてこられたのではと、すこし警戒した。店の奥には二畳ほどの小上がりがあり、店の雰囲気とは不釣り合いなエレキギターが数本立てかけられている。

「この小上がりにクリスは寝るのか」

僕は吹き出しそうになった。

「お客さんが遅くまでいた夜は、僕はそこで寝泊まりすることもあるのですよ。ギターと乳酸菌があればハッピー！」

僕の視線に気づいたのか、坊主頭のマスターのモックくんが頭を小刻みに振りながら、大きくうなった。モックくんの眼鏡はガンジーがしていたようなクラッシックな丸眼鏡である。

「僕は僧侶ということで最初は『モンク』と名乗っていた。だけど、日本人のお客さんには『文句』という言葉を連想させてしまうので、少し可愛く『モック』としたんだ。酔っぱらった米兵にはモンキーと呼ばれることもあるよ、はは」


「お二人さんは二軒目かな、どの店から来たの？」

前の店のちょっとした事件を僕は話し、横のキム爺を見やった。

「はは、木村さんは合気道の達人ですよ。なんと言いましたっけ？　そうそう師範代だったのですよね」

このやせこけた老紳士が合気道の師範代？　それではあのナイフの米兵は何か技をかけられたのか。

「塩田剛三という合気道家を知っているかい。ケネディ大統領が来日したとき、彼の大男のボディガードと立会い、一瞬にして制したのは有名な話だよ。木村さんは彼の高弟だったんだよ」

その話は僕も聞いたことがあった。その世界では有名な合気道の都市伝説だ。

「鹿居さんは何か趣味などお持ちかな？」

キム爺はモックくんの話をさえぎって聞いてきた。自分の合気道の話題を意識的に避けているようにも思えた。

「特に趣味という趣味はありませんが、たまに釣りには行きます。あとは録画したアメリカの刑事物やサスペンス物を休日にまとめ見をするぐらいですよ」

趣味はと聞かれ、そう答えた僕は、自分でも驚くほど雄弁に有料の衛星放送チャンネルについて熱く語ってしまった。すこし前に放送されたアメリカの連続ドラマが、日本でも放送されていて、自宅でこれといってすることのない僕にとってのささやかな楽しみであった。

二杯ほど芋焼酎の水割りを飲み、聞き役に徹していたキム爺を置いて、僕は浦賀にある賃貸マンションの部屋に帰った。キム爺とモックくんはそれほど会話を交わさないが、何か深い関係のようであった。帰り着いた僕の手にはモックくんからなかば強制的に渡された小冊子『一日一善、乳酸菌』があった。どこか不思議な雰囲気をもったモックくんに、僕は奇妙な興味を持ち、またあの店には行ってもいいなとは思った。

*

「今日はいろいろあったね。君はひどい顔をしているよ、また頭痛がひどいのかい?」

猫のカントが、探るような目つきで僕に問いかけてくる。

「すごい爺さんだったね。ナイフをもった米兵を一瞬で制圧したのを見ただろう、合気道の達人だって」

「僕には、あの爺さんは何もしてないように見えたけどな。僕の動体視力を君は知っているだろう」

カントは気難しそうに鼻をヒクヒクさせている。

「僕はキム爺より、モックくんに興味をもったね。彼の出すヤギのチーズはうまかったよ」

「そこかい」

カントは目を閉じ、またいつもの眠りにつく。どうやら少し気を悪くしたようだ。

　そして、この日のキム爺との出会いが、また、スナック「ロッキングストーン」へ通いだしたことが、その後の僕の運命に大きな影響を与えることとなってしまったのである。

四　原子力空母「ロナルド・レーガン」

さて、僕たちのサプライヤード班が担当する原子力空母について少し説明しよう。

艦名は知ってのとおり、第四十代アメリカ合衆国大統領ロナルド・レーガンに因み、存命中の人名がつけられた三番目の空母で、唯一海外の横須賀基地を母港としている。進水は二〇〇一年で、二〇一五年十月より横須賀基地に配属された。デッキに配備された救命浮き輪には「RONALD REAGAN CVN 76 USS」と書かれている。ＣＶは航空母艦、Ｎは原子力を表しているそうで、76が艦番号だ。ちなみに原子力空母「ジョージ・ワシントン」はＣＶＮ－73である。

艦の詳細なスペックについては、米軍基地に就職が決まり、一カ月ほど受けた研修資料から少しだけ書き抜こう。

ニミッツ級航空母艦の九番艦
愛　　称　GIPPER
モットー　Peace Through Strength
満載排水量　一〇一、四二九トン

全　　長　三百三十三メートル
最 大 幅　七十六・八メートル
吃　　水　十一・三メートル
出　　力　二十六万hps（210MW）
速　　力　三十ノット（56km/h）
搭 載 機　九十機前後　平均六十六機
士官・兵員　三千二百名
航空要員　二千四百八十名
建 造 費　四十五億ドル
航空燃料　六千トン
武器・弾薬　千二百五十トン

「Man the ship and bring her to life（総員乗艦、艦に命あれ！）」

就役式典でナンシー・レーガン夫人が乗組員に指令した有名な言葉であり、当時のテレビニュースにおいてライブで放送された。

僕はこの言葉よりも艦のモットーである「Peace Through Strength」のほうが好きだ。「強くなければ、正義も勝利も、ひいては平和もない」からだ。

「そうだ、強くなければいけないのだ、強くなければ平和もない！」

なぜこの定番ともいえるありふれた言葉が僕の心に響いたのか、それには僕のつらい過去をさらさなければならないだろう。

軟弱でひきこもりがちな僕は、小学生から中学生の間、かなり陰湿ないじめを受けてきたから、なおさらこの言葉は心に染み込んだのだ。そのころの年頃の子ども世界では、ある意味、弱肉強食であり、また、いつ強者が弱者になるかもしれない危険があった。いじめっ子たちは驚くほど狡猾で、先生にも親にもいじめを悟られない知恵をもっていた。見える部分には傷をつけず、彼らは僕の腹や胸、尻を執拗に狙ってきた。そしていじめは暴力に加えて、金銭の要求にまでエスカレートしてきていた。最初はほんのアイス代、菓子パン代ぐらいだったが、増長した奴らの要求はさらに高額になっていった。また、この年代の少年には変なプライドがあるもので、いじめられるのは自分が悪いと僕も思いこんでいて、先生にも親にも訴えることはできなかった。相談する人もいない僕は、帰宅すると飼い猫のカントを膝に抱き、その日の出来事などを報告した。わかるはずもないが、猫のカントは我慢強く聞いていてくれているようだった。

そして、あの中学二年生の夏休み明けの学校で、僕は『強さ』を手に入れたのだ。いじめグループの度を越えたいじめに限界となった僕は、考えようによっては、ある簡単な決断をしたのだ。小学四年生の時に僕は両親に連れられて、山梨県の山中湖にあるキャンプ場に行ったことがある。家族旅行などと無縁だった僕だが、やはり前日の夜はわくわくして、なかなか寝付けなかった。そのとき父は小ぶりのアーミーナイフをくれ、使い方を教えてくれた。アーミーナイフには、ナイフだけでなく多くの機能がついていた。プラス・マイナスのねじ回し、のこぎり、栓抜き、缶切り、コルク開け、まるでドラえもんのポケットからでてきたように機能が多彩で、僕を魅了した。たった一泊のキャンプ行だったが、僕にとっては忘れられない体験であり、キャンプ場での家族写真は僕の宝物だ。ただ、キャンプはそれが最初で最後となり、そのナイフは僕の宝物の一つとして、引き出しの奥に大事にしまってある。

僕は学校にそのナイフを持ち込むことにした。ズボンの右のポケットに入れたナイフを外からそっとさわると、その固くて頼もしい手触りに、僕は兵士になったような高揚感を覚えた。

「ヒャッ！」

情けない悲鳴がした。僕はいじめっ子のボスを刺したのだ、いや刺そうとしたのだ。もとより運動神経のよいそのボスはかろうじて僕のナイフの刃先をかわすことができ、腕にかすり傷を負っただけだが、僕のナイフは彼の心を見事に突き刺していた。ボスは腕のかすかな血を見ただけでその場にへたりこみ、僕の顔を恐怖に慄いて見あげていた。

僕は「ボスを刺し殺して、自分も死のう」と本当に思っていたのだ。おそらくそのときの僕の顔は鬼のようだったのだろう、ひ弱で内気な僕が、ほんの刃渡り十センチほどのナイフで彼らを一瞬で制圧してしまったのだ。

「こんな簡単なことだったんだ」

あっけない結末だったが、彼らの怯えた顔、震える身体、泣く姿を見ると、こんな奴らにいじめられていたのかと思い、ほとほと自分が情けなくなった。

このことは事件にもならず、僕と彼らだけの秘密となった。それ以来、いじめは嘘のようになくなり、同時に誰も僕に近づかなくなった。

「僕は強さを手にいれたのだ！」

だが、その強さはナイフという武器によるものであり、本当の自分の強さでないことは重々わかっていたが、効果は絶大だったのだ。


そういえば、過去に川崎の私立学園の中学生が、いじめっ子の同級生の首をナイフで切り落とすというショッキングなニュースがあったのを思い出す。執拗ないじめもあったが、殺害にいたるトリガー（引き金）となったのは、皮表紙の『三省堂コンサイス英語辞典』に毛虫をはさまれたことと報道されていた。その辞書は母親が買い与えてくれたもので、少年はことのほかその辞書を大事にし、中学二年生にして重要単語のほとんどを覚えていた。そう、誰にも沸点というかトリガーポイントはあるのだ。僕もボスがナイフをよけることができなければ、同じようにテレビ、新聞、週刊誌とあらゆるメディアで全国に報道されたことだろう。ふりかえれば僕のトリガーポイントはボスによる「ある残虐行為」であった。しかし、それはあまりにも忌まわしい記憶であり、封印したままにしておこう。驚くことは、その加害者の少年は後日、有名大学を出て検事になったことだ。首切り殺人犯が未成年ということで刑罰を受けず、あろうことか刑罰を与える検事になる、そのことの是非より、僕はその少年の心のうちを知りたい、首を切り落としたときの気持ち、後悔はあったのか、いまでも罪の意識はあるのか、また、彼の猟奇的事件が彼の検事としての量刑の斟酌に何らかの影響を与えているのか。

だいぶ話がそれてしまったが、日本人にこの空母の名前が広く知られるようになったのは、二〇一一年三月十一日に起きた東日本大震災において実行された「トモダチ作戦」であった。

まだ高校生だった僕はテレビで放映される津波の猛威の映像に言葉を失ったが、「トモダチ作戦」の任務に励む巨大空母と米軍兵士の献身的な姿に感動し呟いた。

「アメリカはトモダチなんだ」

津波で流された残骸で埋めつくされた海原にそびえる原子力空母は、なんとも頼もしく見え、かいがいしく作業する米兵の姿は自己犠牲、慈愛にあふれていた。これが第二次世界大戦で日本を無差別爆撃し、不必要な原爆を投下したあの残虐な米軍と同じ軍隊なのだろうか。この時を境に、米軍いやアメリカに対する僕の印象は少し変わったかもしれない。

「オペレーション・トモダチ」作戦については基地内で渡された研修資料に詳細が記されているが、僕の記憶に強く残った一部を紹介しよう。

*

「Operation Tomodachi」

日本で発生した東日本大震災に対して行う災害救助・救援および復興支援を活動内容とする。作戦名は日本語の「友達」にちなんでいるが、アメリカ太平洋司令部北東アジア政策課のポール・ウイルコックス氏が名付け親である。

朝鮮半島に展開していた「ロナルド・レーガン」は震災の報を受け、急遽進路を変え仙台沖に向かった。そして救援任務に取り組む日本の海上保安庁や自衛隊のヘリコプターの洋上給油拠点となり、また同空母からも米海軍のヘリコプターが救援活動に飛び立った。

トモダチ作戦のピーク時には、およそ二万四千人の米軍兵士と航空機百八十九機、米海軍の艦船二十四隻が人道支援と救難活動に携わった。

当時の乗組員K・S少尉は語る。

「何隻もの商船が一キロほど内陸に打ち上げられていた。ビルの屋上に押し上げられたフェリーもあり、町は壊滅状態にあった。家や運送用コンテナなどあらゆる物が海に浮かんでいた。まるで海上に新しい陸地ができたように見えたが、実際は全部が瓦礫だった」

少尉は今でも当時の任務を誇りに思い、「トモダチ作戦」の記章を右腕につけているそうだ。

二〇一三年に駐日大使となったキャロライン・ケネディ氏は、このトモダチ作戦実行の発端について、「3・11トモダチ作戦は、二〇〇一年九月十一日に発生したアメリカ同時多発テロに、日本の消防救助隊が駆けつけてくれたことに起因する」とコメントしている。

「なんて広いのだろう！」

初めて「ロナルド・レーガン」の甲板に立った時、僕はその広さに圧倒された。甲板に立っても端の端まで行かないと海面は見えないのだ。また、アングルドデッキといい、滑走路は進行方向に向かい9度角度がついているのだ、これによりカタパルト発進の距離が飛躍的に伸びたのだ。兵士たちは非番の時間は、甲板で思い思いのスポーツを楽しんでいる。ジョギングしたって、一周も走ればかなり汗をかいてしまう距離だ。

この空母は一つの町のようであり、病院、食料品店、ジム、理髪店、テレビ・スタジオ、礼拝堂などを備えている。二基の原子炉は時速五十六キロのスピードと、電力と海水から真水を作り出す能力を有している。もちろん僕は停泊しているときしか乗船を許されないので、海上でのトップスピードがどれほどのものか体感したことはない。

僕は自分に許された行動範囲のなかで、できるだけ艦内の配置を観察し、簡単な艦内地図を作成し始めてみた。一年半経過した今では、艦内地図はかなり詳細なものになってきていた。日本で発売されている「ロナルド・レーガン」のプラモデルは、外観は正確につくられているが、やはり軍事機密となる内部はかなりおおまかなものだ。いま僕がつくりあげたロナルド・レーガンの艦内地図はすごいぞ、きっと売り物にもなるほどだと僕は鼻息が荒い。

デッキから、僕に唯一使用が許された巨大エレベーターで下に四階ぶん下りた地下五階に食料倉庫があった。巨大な倉庫のなかは、フォークリフトで作業しなければならないほど広かった。食料庫担当トップのサンドバル少尉は、軍人としての規律を重んじていたが、ヒスパニック系特有の人なつっこさを持っていた。彼のおかげで、僕のような日本人スタッフも気持ちよく作業できていた。

五　モックくん

「モックくんと呼んで」

　キム爺に連れてこられてから、スナック「ロッキングストーン」に僕は何回か一人で通うようになっていた。一人で行くのは、なるべくモックくんと一対一で話をしたかったからだ。もちろん他のお客がいることもあったが、仕事を終えすぐに店に行けば、ほとんどの場合、客は僕ひとりだった。キム爺とはその後、この店で時々しか顔を合わせていない。モックくんにはいうにいえない魅力があるのだ。今ではあれだけ通っていた飲み屋「白根家」からは、逆に少し足が遠のいてしまっている。

　モックくんは僕の目を見ずに静かに話し始めた。彼の瞬きは異常に遅い。きれいに剃り上げた頭はいかにも僧侶らしい。そしていつも紺色のかすりの作務衣を着ている。モックくんは何着もっているのだろう。余計なことが気になる。

「僕はロックンローラーだったんだ、いや、今でもそうかもしれない。でも、誰にでも起こることかもしれないが、ある時期からロックンロールは二番目になってしまったんだ」

　モックくんはごくりと豆乳を飲み、豆乳の香りを楽しむように話を続ける。

「ドブ板通りには『かぼちゃ』や『ROCK CITY』という有名なライブハウスがあり、

Ｘ－ＪＡＰＡＮの hide がロックバンド『サーベルタイガー』を結成していたんだ」

モックくんの声は心地よい響きを持っている。モンゴルの人がするように、口のなかで共鳴させて歌うようにしゃべる。たしかホーミーだったかな。店の奥の二畳の小上がりにたてかけられているギターに目をやりながら、寂しそうに続ける。モックくんは、お客が遅くまで飲んでいたときなどは、そのままこの小上がりで寝てしまうそうだ。

「求めるものは余所には無く、自分のなかにあることに気づいてしまったんだ。『沈む太陽を追いかける者は永遠に追いつかない、ただ朝の太陽を待てばいいだけなのに』、インドの哲学者ラジニーシの言葉さ」

僕は黙って目の前のレッドアイのグラスの縁を舐める、氷で冷えたグラスの冷たさが唇に染み込む。そして店に流れる音楽の振動を口でなぞった。モックくんの話す言葉の重みを、僕は慎重に吟味する。


「店名は『ローリングストーンズ』を真似したのですか？」

「いや、少し違うかな。『ロッキングストーン』とは『揺れる岩』という意味だよ。ほら、写真で見たことないかな、巨大な岩がただ一点の支点で支えられていて、グラグラしている写真を」

モックくんは坊主頭を「揺れる岩」のようにゆらゆら揺らしている。

「たしかスコットランドの岩だったかな、確かにありますね」

「そう、蝶が岩の上にとまっただけで、岩はバランスを崩す」

そうか、「バタフライ・エフェクトだ！」、僕は思わず声にだした。

「モンクはお坊さん、モックは模型とかいう意味だけどね。ピノキオもある意味でモックといえる」

「ふーん、モッキングバードという鳥なら僕も知っていますよ」

「真似っこ鳥だね、僕の故郷の青森ではよくみかけたよ」、モックくんは故郷を思い出しているようだった。

「お客さんが来て、少し話しをすると僕にはわかるんだ、なぜこのお客さんはこの店の細い階段を上がってきたのか。そして僕は、この短冊に、お客さんから感じたことを書き込み、会計の時に渡すんだ。時にはお客さんが望む答えを書いてあげるんだ、だって誰だって、どんなに迷っていても、すでに決断は決まっているわけだからね。これが今の僕にとって、ロックンロールなんだ」

「僕にも書いてくれるのですか」

「もちろん。でも君には十枚くらい書かないといけないかも」

「ある意味、布教活動のようですね」

迷える子羊かい、僕は。どうせ聖書の受け売りの「求めよ、さらば与えられん」のようなものかな、そう思ってしまった僕だが、モックくんの絶望しきったような目を見て、疑いをもった自分を恥じた。絶望の目、その目は前にどこかで僕は見たことがあるが、今は思い出せない。

レッドアイ、竹炭緑茶割、ココナッツミルクチーズ、それが今夜の僕のごちそうだ。モックくんは乳酸菌運動推進者であり、ソーラーラクチック仏教の僧侶でもある。

クリスもここに来ると、この乳酸菌飲料を飲んでいるのかな？

スナック「ロッキングストーン」ではなぜかスマホのアンテナも立たず、WiFiもつながらない。その宗教に興味があった僕はそっと理由をつけて店外に出て、グーグルで検索して、協会のホームページを見た。ソーラーラクチック仏教協会の本部は渋谷区幡ヶ谷にあり、スリランカ出身のアルボムッレ・スマナサーラが長老を務めている。「慈悲の瞑想」を教えとし、「こころを清らかにする人が幸せである」と諭す平和的な団体のようであった。太陽神を崇めており、「太陽光の下で乳酸菌を飲む」ことが勧められていた。

モックくんは自分から話すことも多いが、聞き役に徹することもあり、相槌をうちながら、質問をしてくることもある。僕はモックくんの話術の巧みさと、お酒の力も加わり、自分の生い立ちから、過去の悩みなどを正直にうちあけることができた。そして、中学二年生の時の傷害未遂事件についても、牧師に懺悔するように自然に話せた。その時の僕のトリガーポイント、あのボスの「残虐行為」について語ると、モックくんは深いため息をついて両手の平をカウンターの上で合わせた。

「君は残虐に殺された野良猫のために戦ったのかな？　いや、野良猫は君を覚醒させるために死に、君は自分のために戦ったんだよ。物事は見方を変えれば、起承転結が逆になることもあると、僕は思う」

黙っている僕に、モックくんはカウンターの下から取り出した小さな短冊を何枚もみせてくれた。

「手品の種明かしのようだけど、僕はお客さんの求める答えをあらかじめ用意しているんだ。あとは、どれを選ぶかだけなんだ」


『前にも、後ろにも、横にも進めない時は、上を見上げよう』

『両目でみるだけでなく、片目をつぶってごらん』

『鏡のなかの君が本物の君だ』

『君の求める答えを僕は言えない』

『自分の放った言葉を書いてごらん』

『理屈より美しさを求めよう』

『人の心を知りたければ詐欺師になればいい』

『自分の影を踏もうとすると、君は太陽から遠ざかる』
『庭には植えたもの以外のもののほうが多く育っている』
『しがみつくことで強くなる者もいるが、手放すことで強くなる者もいる』

他にも呪文のような言葉が描かれた数えきれない数の短冊が、カウンターテーブルの下に積まれている。

母親が昨年、癌に苦しみながら死んだこと、愛猫のカントも母の後を追うように死んでいったことについての胸の内を、僕はいつしかモックくんに話していた。

そしてまたあの頭痛が僕を襲い始めた。過去を思い出すと、なぜか激しい頭痛がし、僕は混乱し、言い知れぬ不安が襲う。

しんみりとした店内に突然強烈なロック音楽が響き始めた。

「君は『ブロンプトン・カクテル』って知っているかい？」

モックくんは激しいロックのリズムにあわせるように、テンポよく話し続ける。

「末期癌の痛み止めのために、モルヒネやアルコールを配合したカクテルのことだよ。まあまあ味もいいカクテルだよ。もともとはイギリスのブロンプトン病院で開発されたからそういうネーミングだそうだ」

僕の母親も末期癌の痛みに耐えかねて、ホスピス病棟では強力なモルヒネ系鎮痛剤を静注されており、見舞いに行っても母は意識が混濁していて僕の顔さえ認識できず、僕は廊下の隅で嗚咽したものだった。

「いまかかっている曲名が『Brompton Cocktail』といい、アヴェンジド・セブンフォールドというロックバンドが歌っている」

「どんな歌詞なの？」

「『俺はながいこと癌と闘ってきたが、もう疲れた。ドクター、どうかブロンプトン・カクテルをおくれ。俺は逃げているのじゃない、もう苦しみから放たれ安らかになりたいだけだ』、そんな感じの内容だよ。曲の最初の出だしの静かなメロディから、中盤へのリズムの激しさが僕は好きなんだ」

僕は癌の疼痛に苦しんで、「もう死なせてほしい」といった母の顔を思い出した。涙がグラスの上に一滴したたり落ち、小さな波紋をつくった。

「そして、この曲にはカノン進行というコードが使われているんだ。簡単にいえば、明るいメジャーキーと暗いマイナーキーが行き交うのが特徴だ」

モックくんは小上がりのギターを取り出し、さっと弾き始めた。ああ、この曲は僕も聞いたことがある。

「そうだよ、『ハナミズキ』だよ。日本の多くのヒット曲がカノン進行を使っているんだ」

「クリスマスイヴ、守ってあげたい、上からマリコ、さくら……」

モックくんは器用にそれらの曲のサビをギターでつま弾く。

「モックくんは流しでも食べていけるね」

僕は目じりの涙をそっと拭きながら、涙を気がつかれないように精一杯の突っ込みを入れた。

「そして究極は『螺旋カノン』というものだ。一つの旋律が繰り返す際に少しだけ音程を高くして始まるようになり、あたかも螺旋階段を昇るように理論上は無限に音程が上がっていくのさ」

「僕もそのCDを買ってみるよ」

「Avenged Sevenfold　そのバンド名は、旧約聖書創世記の第4番24章『カインのために七倍の罪あれば、レメクのためには七十七倍の罪あらん』からきているんだそうだ」

モックくんは自慢の蘊蓄(うんちく)を披露できて、ことのほか嬉しそうだ。

階段に大きな足音がしてお客さんが来たようだ、僕はそろそろおいとましたほうがよさそうかな。

「よう!」

初老の身なりのいい紳士だ。

「北見さん、いらっしゃい」

北見と呼ばれた男は中肉中背で、高そうなスーツを着こなしている。ネクタイはやけに派手で太い。脇にはなにやら何枚ものポスターのようなものを丸めて抱えている。

「モックくん、これ壁に貼らしてね。いま、このあたりのお店を回っているんだよ」

北見という男はモックくんの返事も待たずに、トイレのドアにそのポスターを貼りつけだした。そこは店の中でも一番目立つところである。

「わるいから一杯飲んでいくよ」

しわくちゃな顔を僕にむけ、北見さんはにこりとする。しかたなく、僕も彼におぎりの会釈をかえす。顔がしわくちゃだから、この人は「セブンフォールド」と呼ぼう、僕は自分のつけたネーミングに満足した。人にあだ名をつけるのが僕の癖であり、そうするとその人の名前も忘れなくなるので便利だ。

「お客さんもよかったら、ぜひこの勉強会に参加してくださいね」

ポスターには『日本を考える会　真実への道』と書かれている。

「場所は私の店ですよ。このすぐ前の右手三軒目ですよ」

「北見さんのお店の名前は『ノブズ（noB′z)』といって、この店よりかなり広くて、色々な会合にも使われているんだよ」

セブンフォールドは得意そうに頷き、ポスターを指さす。

「今回は『GHQの洗脳を解こう』という書籍を使って、『洗脳』と『覚醒』の視点から議論します。僭越ながら今回は私が講師をします。本は私が出席者人数分用意してあります。かたくるしいものでなく、勉強会後にはお酒もでる懇親会をやりますよ」

GHQの洗脳？　もしかしたらWGIPのことかな。あれ、なんで僕はこんな単語を知っているのだろう、自分でもわからなかった。でも最近、僕は米軍基地の存在の意味に急に疑問を感じ始めており、ある意味での米兵の横暴さにも辟易してきていた。そして僕は、セブンフォールドに参加すると約束してしまった。自分の最近の心の変化、得体のしれない頭痛、言いようのない不安な心の変化を、勉強会に出席することで、多少でも分析できるかなと思ったからだ。


モックくんとセブンフォールドは僕が店に存在しないかのように、二人で話しこんでいる。ちびちびと麦焼酎をロックで飲みながら、僕は聞くとはなしに彼らの会話に耳を傾ける。モックくんは世間で起きていることとか、店のつまみの特徴や素材、酒の種類などについて多く語り、セブンフォールドは、自分のことを中心に喋っている。ほう、彼は横須賀の名門横須賀高校出身で一流大学も出ているんだ。音響メーカーの重役まで勤め、引退したいまは文化活動とお店の経営に専念しているようだ。すごいなモックくん、セブンフォールドの履歴書が丸見えだ！　セブンフォールドが自信家であり、自己愛が強いこともわかる。また、非常に愛国心が強く、正義感も強いようだ。モックくんはまるで就職面接の面接官のように、たくみに聞きたい話題に誘導し、セブンフォールドの内面を暴いていく。

モックくんはお客と会話しながら、その巧みな面接技術を駆使して、相手の心のうちを読みとっているのかもしれない。心理学者か精神分析医、あるいは詐欺師がよく使う面接テクニックかもしれない。

＊

「君には特別に、いま書いたよ。あとで読んでね」

勘定を済ませて帰ろうとする僕に、モックくんはにこりとして、短冊ではなく一枚のメモを手渡してくれた。おそらく事前に用意された短冊ではなく、いま書いたものだろう。細い階段に気をつけて下りて外に出ると、すぐ僕は手渡された小さなメモを読んでみた。

『君はしあわせに眠くなれ』

短い一文だった。その時の僕には、この言葉が意味するところがまったく理解できなかったが、メモを丁寧に二つ折りにして上着のポケットにしまいこんだ。そして、後にこの一文の意味することに気づいたときには、僕はもう引き返すことのできない状況にあった。

「君はまた泣いたよね」

家に帰った僕の腫れた目を、カントはのぞきこんでいる。

「君も聞いただろう、あの曲はよかったね。パンクなんかうるさいだけと思っていたけど、あの曲は好きになったよ。ＣＤを買って英文の歌詞を調べてみるよ」

「なんであの曲をモックくんはかけたのかな。僕には偶然にはおもえないのだが」

カントは首をすこし横にふり、自分の長いしっぽを見ている。

「それに何だい、『モック』、『螺旋カノン』って？　なにかのメタファーかい？」

「君は考えすぎだよ。僕は螺旋階段のようなものと理解したよ。足を進めれば上に上がるしかない、そういうことだよ」

「フン」

カントはまだ気に入らないようだったが、最後に忠告するのを忘れなかった。

「あのセブンフォールドはすこし曲者かもしれない。勉強会に行くのはとめやしないけど、覚醒と洗脳は表裏一体なものだよ。それは立ち位置を変えてみれば意味が逆転することもあるはずだ」

本当にカントは理屈っぽい猫だ。猫は瞑想する生き物と信じてやまない父がつけた名前だが、まったくこの猫にはぴったりの名前だ。父は都内の有名大学を出ており、専攻はドイツ文学だった。ドイツ文学に限らず、文学作品には猫が登場するものが多い。父の膨大な文学本が収納された本棚の一角に、猫が登場する本がかなりあったのを覚えている。もちろん、僕も何冊かは読んだが、とても読み切れる数ではない。印象的だったのはドイツのE・T・Aホフマンの『牡猫ムルの人生観』と、かの有名な夏目漱石の『吾輩は猫である』であるが、面白いのはこの二人の作家は、愛猫の死亡通知を知人・友人に出していることが共通点だった。猫の小説、エッセイ、映画などあげればきりがない。そしてきわめつけは、猫の本専門の書店「吾輩堂」なるものの存在で、それこそ店のなかは猫に関する本ばかりのようである。通販などもしており、父はよくその書店から購入していたようだ。

そんな父だが、実生活では一度も猫を飼ったことがなかったようだ。僕が六歳のときに父が帰宅して母が出迎えると、小さな捨て猫を大事そうに父が抱いていて、それは驚いたようだ。そしてプロイセンの哲学者カントという名前を迷惑にもつけられた猫は、我が家に暮らすことになったのだ。ただ、父がその猫を撫でたりして可愛がっているのを、僕は一度も見たことがなかった。缶詰を開けてそのまま猫にやり、母に怒られてからは、餌をやることもなくなった。

猫小説を多く読んでいた父は、猫がいる生活がどんなものか知りたくて、ただ猫を飼ってみたかっただけのようである。

六　猿島からヴェルニー公園へ

七月の月曜日の朝だった。空は青く晴れ渡り、トンビたちが戦闘機のように米軍基地の上を旋回している。僕は横須賀中央駅から十五分ほど歩いてフェリー乗り場にたどりついた。すでに切符売り場には観光客が並び始めており、どんどん行列は長くなっている。そこで、ミキを待たずに僕は二人分の往復乗船券をあわてて買うことにした。そして今は、まだ約束の時間には早いのだが、何度も時計を見ながら、ミキを待っている。

カフェ「風の家」で初めてミキと会った二週後にはもう、ミキからラインがあり、僕たちは猿島に行くこととなった。そう、今日は僕たち二人の初デートだ。僕のラインの友達登録数は驚くほど少ない。そしてそのほとんどが仕事関係なので、ミキとのトークのやりとりがスマホの画面上に増えていくのは、すなおに嬉しかった。愛ママともラインのやり取りはあるが、その数は数えるほどだ。ほとんどは臨時休業の連絡という事務的なものだった。そしてあまりのミキとの関係の展開の速さにとまどいを感じた僕だが、昨晩は、遠足に行く前の子どものように落ち着かなかったのも事実だ。

猿島は、地元では「さるしま」と呼ばれているが、このフェリー乗り場からすぐそこに見える小さな無人島である。無人島といえば、荒れた何も建造物もない、冒険心をくすぐるような島を想像するだろうが、猿島は無論そうではない。今は、人が住んでいないだけということである。東京湾では最大の自然島で、島内には猿島公園があり、横須賀市が管理している。周囲一・六キロメートル、高さ三十九・三メートルという平べったい形をしており、第二次世界大戦時は東京湾の首都防衛拠点となり、砲台が設置された島だ。要塞と弾薬庫の建設には煉瓦が使われており、重厚な煉瓦造りの建造物と壁は見事だ。現在は長い月日を経た煉瓦の味のある彩りと、生い茂る蔦の対比が美しく、写真スポットとなっている。

『天空の城ラピュタ』を連想させる島として人気になり、さらには『仮面ライダー』の撮影ではゲルショッカーの秘密基地があるとされた。島には民間会社が運営する一日往復8本のフェリー便があり、島内散策の観光客や釣り客でそれなりに賑わっている。そして今のような夏には、浜辺でバーベキューをする人や海水浴の家族連れなどで、さらに混みあってくる。

そして先週からなんと、あの大人気アニメ『ワンピース』とのコラボイベント「宴島（うたげしま）真夏のモンキー・D・ルフィ島」が横須賀市、京急、ワンピースの協賛で開催されているのだ。道理で人出が多いわけだ。このコラボ期間には横須賀市はワンピース一色となり、横須賀中央駅やアーケードにもワンピースのキャラクターが描かれた垂れ幕が賑やかに飾られている。

「おまたせ」

ポンと背中をたたかれ振り向くとミキだ。つばの広い白い帽子をかぶり、目が見えないほど濃いサングラスをしているミキは眩しいほど若々しい。心なしかうっすらと化粧もしているではないか。カフェで働くミキとはまるで印象が違う。そしてスニーカーは僕と同じ赤色だ。これで少しはペアに見えるかなと僕は嬉しくなった。

「すごい人だね。もう切符は買っておいたよ。ほら、もうあんなに並んでいる」

「ありがとう」

ミキはフェリーの往復乗船チケットをみて、さっと千円を僕にわたした。けっこう律儀な性格のようである。

「純くん、その帽子いいわね」

僕はアメリカ兵から買った原子力空母「ロナルド・レーガン」の刺繍がはいった紺色のキャップを、この日のために初めてかぶってきた。さらに、やはりアメリカ兵から買ったフライトジャケットも着てこようとおもったが、残念ながら今日の気候は暑すぎる。でもしっかりと濃い緑のカーゴパンツを履いて、基地職員の雰囲気を出したつもりだ。横須賀発祥の「スカジャン」、つまり横須賀ジャンパーも一枚もっているが、ちょっと背中の刺繍が派手でデートには似合わないと思った。なにしろ、スカジャンは米兵用の日本土産だから、富士山、虎、龍、錦鯉などと、刺繍された絵柄がド派手なのだ。ここ横須賀ではスカジャンを全国的に普及させるために、スカジャンを着ていくとサービス品が出る飲食店も多いのだ。


僕たちはフェリーの乗船の列に並び、一隻をやりすごし、やっと次のフェリーに乗ることができた。このフェリー「シーフレンドZERO」は十九トンで、定員は二百三十六人だ。

「えい！」

ミキは桟橋から軽快にフェリーに飛び乗る。

「私、中学、高校と陸上部だったの」

「陸上部って、ちょっと地味だよね」

運動音痴の僕は慎重に手すりにつかまって乗船する。もう、ここから負けているのではないか、頑張らねば。フェリーは定員の限界まで乗客を乗せて、ゆっくりと動き出した。船が陸地を離れるときの感覚は独特なものがある。少しずつ陸地が遠ざかり、後ろに流れる航跡をみると、旅に出るのだと実感できる。満員だが席に座る人は少なく、皆、デッキに立って海を見ている。七月の空はあくまで青く、白い夏の雲が気球のように流れていく。

「若い人ばかりだね」

「だって、『ワンピース』だもん！」

ミキの柔らかで長い髪が、吹き流しのように風になびいている。

「ドンナ、ドンナ――」

ミキは僕も聞いたことのある歌をハミングする。

「知っている？　ユダヤ人がつくった歌よ。ホロコーストに連れていかれる悲しみを歌ったのよ。ドンナは『わが主よ』という意味だそうよ」

ユダヤ人がつくった歌かどうかは諸説あるようだが、牛が市場に売られに連れていかれるという、もの悲しい歌だ。乗客で満員のこのフェリーはどこに流れつくのだろうか、僕は夢想の世界に誘われた。こんなたわいない会話も楽しい。

フェリーは白い航跡を青い海に残し、ほんの十分ほどで猿島に接岸した。いや猿島ではなく、今日はワンピースの「宴島」だ、桟橋にも大きく宴島の看板が立っているではないか。

ここまでやるか、ワンピース！　フェリーから続々と上陸する乗客も、みな歓声をあげている。ミキのテンションもあがりっぱなしで、スマホで写真を撮りまくっている。長い自撮り棒をもち、ちょっと中国人の観光客のようにもみえる。意外なことに、地元っ子のミキも、猿島に来るのは初めてだそうだ。ミキも自分の生い立ちや家族のことを、まったく話さない。愛ママも、クリスも、ミキも何か心に闇を抱えているのだろうか、僕のように。

島に到着すると、ルフィとその仲間たちの等身大のフィギュアが迎えてくれるようだ。島内地図でそれらフィギュアのおおよその位置を確認することが大事だ。まずはルフィ、剣士のゾロ、航海士のナミの横で記念写真を撮ろう。ミキはゾロの剣に手をかけて抜こうとしている。そこをパシャリ。僕はといえばナミの胸を気にしながら、彼女と腕を組んでパシャリ。

「ねあ、あれ見て、デジタルスタンプラリーだって」

島内にはスマホアプリと連動したスポットが設置されていて、そこで四次元バーコードをスキャンするといろいろな情報が見ることができるようになっていた。今はもうそんなデジタルな時代なのだ、手作業でスタンプラリーの台紙に判を押さなくてもよいらしい。

「まわろ、まわろ」

ミキは僕の手を引き、ぐいぐいと進んでいく。やはり主導権は僕にはないのだ。

「チョッパーはどこだろう?」

かろうじて僕は自分の好きなキャラクターの名前をいい、ミキを振り向かせる。結局、等身大キャラクターは十二体あり、巧妙に隠されたチョッパーを探すために島を二周するはめになってしまった。お目当てのチョッパーは砲台跡に近いオイモイ鼻広場にあり、草木のなかに隠されていたのだ。ここでもデジタルスタンプをゲットし、キャラクター入りの写真を撮った。さらに歩いていくと、大きな暗いトンネルが見えてきた。

「愛のトンネルだよ」

僕は事前にパンフレットを読んで仕込んだ蘊蓄を得意げに語る。

「愛さんのトンネル？」

「違うよ、トンネル内がうす暗くてカップルが自然に手をつなぐから、そう呼ばれているそうだよ」

愛のトンネルは長さが九十メートルもあり、確かに内部はひやりとして薄暗い。トンネルはやはり煉瓦積みで建造されており、その煉瓦の長い面と短い面を交互に組み合わせる積み方は「フランス積み」といい、日本では珍しいそうだ。煉瓦の焼きムラがよい雰囲気をだしていて、思わず僕は手でそのひんやりとした煉瓦の感触を楽しんだ。

「純くん」

振り向くと、突然ミキが僕をトンネルの壁に押し付け、キスをしてきた。うわっ、いくら暗いとはいえ、暗さに目が慣れた人からは丸見えだよ。

「ご褒美よ、スタンプラリーの」

スタンプを全部集めると、ご褒美としてワンピースオリジナルステッカーがもらえるのだが、僕としてはもちろんこのご褒美のほうがいいに決まっている。

トンネルを抜けると、暗さに慣れた目には日差しが、より眩しく感じる。ミキも僕も急に無口になり、急勾配な階段をフェリー乗り場のほうへ降りて行った。

「お腹すいたね」

ミキはレストラン「オーシャンズ・キッチン」をみつけて、身をかがめてメニューをのぞき込んだ。

「あたしは『サンジのじゃがいもパイユ』を食べたいな。純くんは何にする」

「僕は猿麺にするよ。シェアしょう」

猿麺は地元で採れる海藻を練りこんだ緑の麺が特徴だ。本当に食べてみると海の香りが口のなかいっぱいにひろがり、横須賀に来てからの僕の好物のひとつだ。

「猿だ！」

ミキが甲高い声をあげたので、周りの人が僕たちを見た。僕はキスされたときより赤くなる。ミキは猿麺のなかを、割り箸でつついてはしゃいでいる。

「麺のなかに入っているかまぼこに、猿の絵が描いてあるのよ」

確かに、猿麺には、麺とわかめ、天かす、そして猿のイラスト入りかまぼこが入っており、初めての人はみんなちょっと感激するだろう。それにしてもミキは感情の起伏が激しい、それは彼女の魅力でもあり、また僕をすこし困惑させもする。結局、猿のかまぼこと、僕とミキのコラボ写真が撮られた。きっとミキはＳＮＳで今日撮った写真を拡散するのだろうなと、僕はすこし怖くなった。

帰りのフェリーを降りた僕たちは、腹ごなしというか、まだ別れがたく、少し離れた汐入駅方面にまで二十分ほどの距離を歩くことにした。

「あの船に乗りたいな」

ショッパーズプラザ横須賀という大きなショッピングモールがあるが、そのすぐ横に軍港巡りの遊覧船の発着場所の汐入ターミナルがある。この横須賀本港から長浦港を周り、新井掘割水路を通りながら、米軍や自衛隊の艦船を間近に見学できるので、人気の遊覧船だ。平日5便、休日は6便運航されていて、一周四十五分と手ごろである。

「ねえ、ねえ」

さっきまで猿島航路のフェリーに乗っていたというのに、ミキは子どものようにせがむ。

「じゃあ、乗ろうか」

もともと船に乗るのは好きだし、いつも働いている米軍基地を海上から見るとどんなふうに見えるのだろうか興味が湧いてきた。乗船料は八百円と、フェリーより安いが、これも割り勘で払い、僕たちは遊覧船に乗船した。猿島のワンピース祭りに客をとられたのか、今日はラッキーにも空いている。

「二階がよく見えそうよ」

ミキは二段飛びで、鋼鉄製の急な階段を駆け上がっていくが、ここでも僕は慎重に手すりにつかまり昇ることにした。甲高いドラが鳴り響き、ゆっくり遊覧船は出航する。

すぐに、白い船員服を粋にきこなし、やはり船員帽でりりしい青年がマイクをもってアナウンスを始めた。ガイドのアナウンスは非常に上手で、何だかディズニーランドのアトラクションでのエンターテインメント豊かなアナウンスを思い出させた。まず海上自衛隊で最も大きな艦船の「いずも」が現れ、乗客は一斉に写真を撮り始めた。「いずも」はヘリコプターが発着するための甲板が広いので、見た目は空母に見える。イージス艦「きりしま」、護衛艦「やまぎり」、掃海母艦「うらが」、そして潜水艦「うずしお」と、船内アナウンスはわかりやすく、ユーモアを交えて軍艦の紹介をしてくれる。

そして、アメリカ海軍のイージス艦の奥に、ついに巨大なビルのように原子力空母「ロナルド・レーガン」がその威容を現わした。東京タワーが横になったようなもので、乗客の歓声は一段と高くなる。この軍艦ツアーの最大の目玉である。

「僕はあの船に乗って仕事しているんだよ」

誰彼かまわずそう話しかけたい強い衝動に僕はかられるが、こんなことも一応軍事機密で口外しないように命令されている。

「純くんの仕事場ね」

ミキが肘で僕の脇腹をこづきながら、耳元でささやく。あれっ、「ロナルド・レーガン」

が僕の仕事場なんて、ミキに話したっけ？　いや話したから知っているのだろう。まあ本当のところ、そんなことは何の機密にもならないからどうでもいいことだと、さして僕は気にしなかった。

「あれは何？」

目の前に赤い十字マークが船体に大きく描かれた艦船が現れた。ミキの質問に答えるようにアナウンスが続く。

「あちらに見えますのは米軍の病院船『ゼウス』です。約四万五千トン、全長二百七十メートルで、もともとはタンカーでしたが、改装して病院船となりました。千床の病床があり、医療設備は、X線装置、CTなどすべて揃っており、もちろん外科中心の手術室もあります。医療スタッフは民間人中心に二千人が乗っています。はい、そうですね、わが街の横須賀病院より大きく、設備も充実していますね。米軍にはほかにも二隻の病院船があり、『マーシー』、『コンフォート』という名前です。戦時下では現地で傷病者の治療をしますが、この平和時では、主に災害救助に活躍しています。あの東日本大震災のときにも、この船はかけつけてくれ、住民の救護に貢献してくれました」

そういえばこの病院船「ゼウス」は、ここ半年ほど横須賀港に停泊したままで、ときおり、医療従事者なのか白衣を着たアメリカ人が大勢出入りしていたのを見かけたことがある。そして不思議なことに、この病院船の警備はどの船よりも厳重で、僕たち日本人スタッフは入船が許されてなかった。

「マーシーは慈悲、コンフォートは癒しという意味ね。ゼウスはなにかな？」

「神様かな？」

ミキが英語に堪能なのに少し驚いたが、僕は夕日に照らされたミキの低いが可愛い鼻のシルエットに見とれていた。


そしてその日、僕たちは結ばれた。

汐入ターミナルから汐入駅はすぐであるが、X型をした立体歩道橋の上でミキは手すりに頬杖をつき、沈む夕陽をぼんやりと眺め、帰るそぶりを見せようとしなかった。

「公園に行って夕陽を見ようか」

僕もまだ別れがたく、僕たちは、すぐ歩道橋の下のヴェルニー公園に歩くことにした。夕暮れの公園にはちらほらとカップルがいるが、平日なのでそれほど多くはない。

「ラッキー」

ウッドデッキ歩道のはるか奥に巨大なクスノキがあり、その前に「操舵輪型サイクルスタンド」のオブジェがある。その前のベンチが空いていたので、ミキは僕の手をひき倒れこむようにベンチにすわった。鉄製のベンチはお尻にヒヤリと冷たかった。

「女から誘ったら軽蔑する？」

そう言いながらミキは僕に胸をおしつけてきたので、僕は思わず後にのけぞった。

僕らのすぐ前を、ドローンを抱えた親子が歩いていく。

「まったく、この公園はドローン禁止よ。基地周辺はどこも禁止なのに」

ミキの言うとおり米軍基地、自衛隊基地周辺はドローンに限らず、いかなる飛行物体も飛行禁止区域である。

「ねえ、『ロナルド・レーガン』が、あんなに近くに見えるわ。何だか、ここから魚雷を撃てば当たりそうね」

過激なことを平気でいうミキは、いつも僕を驚かせる。初めてのデートだったが、今日一日で僕たちの距離は驚くほど近づき、はるか前からミキのことを知っていたような気がした。歩道橋のすぐ先には横須賀で一番大きなメルキュールホテルがみえる。ミキのさきほどの質問に答えるかわりに、ミキの小さな手を握り、僕は意を決してホテルに歩き始めた。


平日ということもありホテルの受付はすぐにすみ、僕は最近つくったばかりのＶＩＳＡカードを初めて使った。このホテルに入ること自体、僕は初めてだったが、部屋に入ると眼下に横須賀港が見え、さきほどまで僕たちが逡巡していた立体歩道橋がX型にクロスして見え面白い。

「ふふ、あの立体舗道は『ベイウォーク』という名前で、なんだか有名な橋梁デザイナーの設計だそうよ」

　部屋はかなり広く、ソファベッド、ライティングデスクが手前にあり、奥にツインベッドが並んでいる。

　横に立つミキは僕に抱きつき、激しくキスをしてくる。慌てて僕は窓の遮光カーテンを閉めて、部屋を暗くする。若い僕たちはシャワーも浴びずにそのままベッドに倒れこみ、お互いの身体をさぐりあった。

　実をいうと僕は童貞だった、いや女性経験がないということではなく、風俗の女性以外の普通の女性とセックスがしたことがなかった。大学時代、二十歳になった記念にゼミの仲間数人と新宿に繰り出し、僕は初めてのセックスをした。犬のような顔をした風俗嬢は、緊張する僕に優しく、「童貞くんを男にするなんて、女にとって光栄なことよ」と、すべてをリードしてくれた。されるままのセックスしかしたことのない僕は、はたしてミキとセックスができるのだろうか、不安が僕を襲う。今日は僕がリードしなければ、でもどうやって。そんな僕を、またいつものように軽い頭痛が襲った。なぜ過去を振り返ると頭痛がするのだろう。こんなことでは、ミキに軽蔑されそうだ。

　しかし心配は杞憂だった。ミキは僕のシャツ、カーゴパンツをどんどん脱がしていく、そして自分もシーツの下で全裸となった。ミキの肌は綺麗に日焼けして輝いている。そして胸とお尻あたりの肌だけが白く眩しい。ミキは何もしゃべらず、僕の身体のあらゆるところを舌で刺激してくる。僕の唇に押し付けられたミキのこぶりだが形のよい乳房は、汗で少し、しょっぱい。それがまた僕をさらに興奮させた。

立派なシモンズのベッドも、激しい僕たちの動きに悲鳴をあげており、ミキもいまは動物のような声をあげている。沈黙しているのは僕だけだ、僕は自分の一点にすべての神経を集中させる。僕たちは若かった。もう「明日がない、戦地に赴く兵士」のように貪欲に、永遠に続くかのように相手をむさぼりあった。そして、僕たちはそのまま眠りについた、今までにない深い眠りが僕を誘っている。

七　勉強会

日曜日の午後三時から、セブンフォールドこと北見氏が経営するバー「ノブズ」で勉強会が開かれた。店は横須賀中央駅近くの若松マーケットのほぼ中心地点にあり、この飲み屋街のなかでは一等地だ。横須賀の店舗の物件相場では、ドブ板通りが一番高く、次がこの若松マーケットである。察するにセブンフォールドはかなりの資産家と見受けられる。

今日の参加者は僕を含めて七人、あとは今日の講師の北見氏だけと、意外と少数だ。男性は五人、女性は二人だ。僕が一番若いようにみえる。皆、用意された名札を胸につけ、広いテーブルに思いおもいに着席するとすぐに、今日の勉強会の教科書『ＧＨＱの洗脳を解こう』という小ぶりの本が配られた。著者は意外なことに日本在住のアメリカ人弁護士だ。彼はアメリカ人にもかかわらず、どちらかというと日本の右翼的な発言が多い人だと僕は記憶している。

「まず、本の目次をみてください。目次を見ると、本の概要が半分はわかるはずです」

セブンフォールドは笑うと皺がさらに増え、奇怪な顔になる。彼は大手音響メーカーの重役をしていたそうだが、おそらく社員研修でも例の「ホウレンソウ」などとくだらないことを説教せず、資料責めにするタイプだろう。

言われるままに目次を見ると

『第一章　ＷＧＩＰとは』
『第二章　歴史を学ばない日本』
『第三章　中国の脅威』
『第四章　アメリカの占領政策』
『第五章　洗脳からの解放』

などとある。

おいおい、見出しを見ると穏やかな内容じゃないな、いったいこの本はどんな本なのだろう？

「みなさん、まず基本用語について説明しましょう。『ウオー・ギルト・インフォメーション・プログラム』、つまりＷＧＩＰとは、対日弱体化計画といえるものです。日本人に戦争責任という罪を背負わせるマインド・コントロールです。武士道や滅私奉公の精神、皇室への誇り、それに支えられた道徳心、いわば日本人の美徳を徹底的に破壊し、日本人を『精神の奴隷化』しようと画策したのです。もう二度とアメリカに歯向かえないようにしようとしたのです」

参加者たちは静かにセブンフォールドの話に聞き入っていて、なかには頷いている人までいる。何人かは持参したノートにメモをとっている。

「ＷＧＩＰとは、ＧＨＱによる日本占領政策の一環として行われた『戦争についての罪悪感を日本人の心に植えつけるための宣伝計画』だったのです。欧米各国による植民地支配からアジア各国を救済したのが大東亜戦争です。それをアメリカは太平洋戦争と言い換え、『軍国主義者』と『日本国民』の対立という構図を捏造し、連合国軍に対する日本軍の聖戦をねじまげて解釈させたのです」

セブンフォールドは具体的宣伝計画として、終戦直後からのアメリカを批判しないようにするプレスコード、ラジオによるプロパガンダ、日本軍の残虐行為を強調した『太平洋戦争史』の新聞への連載、などについて説明をした。みな、僕の知らないことばかりで驚く。

「みなさん、アメリカは日本に原爆を二つも落としました。原爆投下により戦争の終結を早め、アメリカ人・日本人双方の被害をこれ以上拡大させないために落としたとアメリカ人は教わっています。それではなぜドイツには落とさなかったのでしょう？　答えは、ドイツ人は白人だったからです。アメリカは人種差別で、イエローモンキーである日本人に、こともあろうか『リトルボーイ』とふざけた名前をつけた爆弾を落としたのです」

セブンフォールドは本の内容に沿って話を続け、時々、用語について簡潔な説明をつけ加えた。彼の話し方はなかなか説得力がある。パソコンでみせる証拠となる様々な資料や写真も効果的で、僕たちの理解を助けた。敬意を払い、今日はセブンフォールドと呼ばず、北見氏としよう。

「みなさん、日本でも大ヒットした『猿の惑星』という映画をご存じでしょう。あの猿は日本人なのですよ。あの原作者は第二次世界大戦中に日本軍の捕虜となりました。ジュネーヴ条約を順守した日本により手厚い待遇を受けたのに、あんな脚本を書いたのですよ」

「すみません、そこのパソコンにテロリスト『ビンラディン』の動画があるようですが、見ることはできますか?」

横溝という名札をつけた中年の男が口を開いた。

「かのテロリスト、ビンラディンの日本人に宛てたメッセージです。字幕は私がつけました。米軍がアフガニスタンに侵攻する直前のものです」

撮影場所はアフガニスタンだろうか、荒れ果てた岩山の洞窟で、片膝をついて座っているビンラディンはカラシニコフ銃を持っている。

「日本人よ、目覚めよ、あなた方の頭上に原爆が落とされ、何十万人が、幼い子どもも年寄りも殺されながら、それは戦争犯罪とみなされなかった。この野蛮な行為は正当化できる理由があったのか。あなたがたは、自問して覚醒して、真の日本の進むべき道を選んでくれたまえ」

その絶望しきった目、それは怒りも悲しみもこえた別世界から僕たちを見ているようである。そうだ、モックくんがこのような絶望しきった目をしていた。

「原爆投下の話がでましたが、東京大空襲はなぜあれほどまでに無差別攻撃となったのですか？　私の家は横須賀市の軍港近くですが、横須賀も相当な被害を受けたと祖母が言っていました」

竹島という名札をつけた若い女性が真剣な面持ちで北見氏に、本を片手で振りながら聞く。なんだか国会答弁で質問している野党議員のようで、おかしかった。

「悪魔のルメイとよばれている男がいる。ルメイはアメリカ陸軍航空軍司令官で、それまでの軍事施設や軍需工場を標的とした精密爆撃を捨て、地域爆撃、無差別爆撃という非人道的攻撃を発案し実行した悪魔だ。一九四五年三月十日、最初の東京大空襲を行い大量の焼夷弾を投下したのだ。わずか三時間の空襲で死者行方不明者十万人以上、被災者百万人以上、二十五万戸の家屋が焼失するほどだった」

北見氏は東京大空襲の悲惨な被害写真を、パソコン画面上に次から次へと映し出す。

「ルメイは『日本人を殺すことについては何も悩みはしなかった。もし戦争に負けていれば私は戦争犯罪人として処刑されただろう』と戦後のインタビューでのたまっている。B

29による低高度での無差別夜間爆撃の威力を実証してマッカーサーを出し抜いて出世するため、無意味な焦土作戦を実行したのだ。そして、さらに嘆かわしいのは、殺戮者ルメイは勲一等旭日大綬章を佐藤内閣の決議により日本から授与されていることだ」

「東京大空襲の責任者が日本の勲章を授与されたのですか！」

横溝が顔を真っ赤にして唸った。


北見氏は勉強会の最後に、これを見てほしいと一枚のモノクロ写真をスクリーンに映し出した。戦争中か戦後だろうか、焼失した大地に一人の小学生の少年が背筋を伸ばして立っている。背中には妹か弟とみられる幼子を背負っている。

「写真は戦争の悲惨さを伝える有名な写真『焼き場に立つ少年』です。アメリカ軍の従軍カメラマンジョー・オダネル氏が原爆投下後の長崎で撮影したものです。背中の弟はすでに死んでおり、少年は荼毘（だび）に付す順番を待っているのです。少年は涙を流してはいませんでしたが、噛みしめた唇には血が滲んでいたとオダネル氏は語っています。この写真が公開されたのは戦後四十年も経過してからです。二〇一九年ローマ教皇が長崎を訪問し慰霊式でこの写真を傍らにおき演説したことを、皆さんもニュースなどで見たことがあるでしょう。自分への戒めとして、私はこの写真をパソコンの壁紙画面にしています」

「うっ、うっ」、と嗚咽の声が後ろからする。先ほど質問した竹島女史が花柄のハンカチで口元をおおい涙を流している。僕も目頭が熱くなるのを感じ、あの悪魔のルメイの顔が浮かんだ。あれっ、なぜ僕はルメイの顔を知っているのだろう。今日の写真スライドにはルメイの写真はなかったはずだが。

そして、また頭痛が僕を襲う。

かなり充実した勉強会が終わり、お待ちかねの懇親会がはじまった。僕たちはテーブル席からカウンター席に移動し、北見氏はカウンター内に入り、バーの主人の顔に戻り、料理やお酒の用意をしている。いつのまにか北見氏は黒いベストに着替え、蝶ネクタイをしている。

「お疲れ様。今日は少し暗い話題になりましたが、真実を知ることは大事です。この勉強会は戦争の歴史問題だけでなく、中国や韓国との関係、生命倫理、海洋汚染、ＬＧＢＴなど身近な問題をテーマとします。次回はすこしソフトに、百田尚樹氏の著書『カエルの楽園』をテーマとします。忘れずにそこの本をお持ちいただき、当日までに読んでおいてください。今日参加された方のなかには、歴史学者、マスコミ関係者、バイオ専門家の方もいらっしゃるようですので、いつかこの勉強会の講師となっていただけたらと思います」

北見氏はいつものセブンフォールドに戻り、皺くちゃな笑顔で僕たちにビールやワインをついでくれる。

この「ノブズ」という店も、飲みやすく落ち着くいい店だな。入るときドアに会員制という札が貼ってあったが、誰でも入れるのかな。僕はまたこの店に来たいと思った。北見氏は趣味が料理ということもあって、なかなか洒落たつまみや料理を提供してくれた。ドライイチジクは白ワインによくあい、マサラカレーも僕の好みであった。

「誰かこの鳥を切り分けてくれないかな?」

メインディッシュのローストチキンを、北見氏が銀の大皿にのせて重そうにカウンターに置いた。


「僕がやりましょう」

俺は皿に置かれた小さなナイフを手にして、「ふー」と息を吐いた。ナイフは手術用のメスのように無機質な輝を放っている。
・まずは、ももの付け根部分にナイフを入れ切れ目をつける。さらにナイフを関節のところまで深く入れる。関節から骨をはずすようにナイフで切る。
・お腹側から手羽元の付け根の部分に切り込みを入れる。関節が見えたら強くナイフを進め関節を切る。
・胸肉には骨があるので骨の両側に切れ目を入れる。次にY字型に首の部分を切る。

・最後はもも肉の膝の関節にナイフを入れ切断する。
　鳥を捌くなんてちょっと解剖学を齧っていれば簡単なことだ、俺は五分ほどで大きなローストチキンを解体した。

「ブラボー！」

　北見氏が感嘆の声をあげ、皆が拍手してくれた。

『グレイの人体解剖学アトラス』を見るまでもない、鳥、いや人間だって、関節構造を知っていれば簡単に捌けることを俺は知っている。でも、皆の賞賛はすなおに嬉しかった。


「君は韓国についてどう思う？」

　横溝という先ほど発言した男が、僕に話しかけてきた。四十五歳ぐらいで長髪が自慢なのか、しきりに髪に手をやるのが気になった。人にあだ名をつけて覚えるのが習慣の僕は、こいつはサイドウォーカーと名づけることにした。

「韓国ですか？　あまり好きじゃないですね。慰安婦とか徴用工とかしつこいですよね。もちろん訪韓したことはありませんが」

「そうだね、彼らの主張することは、もともと事実でなく捏造だしね。一九六五年の日韓基本条約でも賠償問題は解決されているのに、韓国人はいまだに『被害者ビジネス』をやめようとしない。僕は横須賀市のタウン誌『シーウォーカー』の編集長をしている横溝です」

飲み屋では、政治と宗教と贔屓球団の話はするなと、先輩に言われていたことを、ちょっと思い出すが、今日は勉強会だ。そのようなわけにはいきそうがない。

「鹿居、鹿に居候の居です」

僕はいつものように自虐的に答えた。

「はは、鹿居くん？　珍しい名前だね。でも横須賀には鴨居という地名があるし、きっと鹿が多かったのだろうね」

名前をいうとみなが同じことを言うので、もう僕は慣れっこである。

「僕はいまね、実をいうとある活動をしているんだ。京浜急行の駅や車内のハングル文字案内を撤去させるという活動だ。なんで日本が大嫌いという奴らのために、あんなおでん文字を掲示するか、僕は理解できないのだよ。周りの多くの人も賛同してくれている」

おでん文字、いいえて妙だ。この呼び方には僕も賛成する。韓国人は漢字を捨てたから、過去の歴史文書も読めないと、大学の国際学の講師が言っていたことが思い出される。昔は韓国の知識人は漢文を用いていたが、庶民には文盲が多いのでハングルが普及したと習った。たまたまテレビで見た韓流ドラマで、「辞表」と「服喪」だけが漢字だったのが面白かった覚えがある。しかし、韓国テレビドラマのストーリーの展開のおどろおどろしさと、交通事故、難病、異母兄弟、汚職、裏切り、財閥への憧れと恨み、すべてがてんこ盛りのワンパターンなストーリーで、韓国には脚本家が一人しかいないのではと思えた。

「朝鮮戦争では韓国軍はまったく機能せず、米軍の参戦でなんとか休戦になったのだし、米兵は三万人以上の死者をだしている。その恩を韓国人はけろっと忘れているのだ」

サイドウォーカーはかなり辛辣だ。でも、彼の主張していることには同調できた。こんな彼なら主張を通すために、スプレーで京浜急行の駅のハングル文字を消してまわりそうだ。


「私もちょっと頭にきているのよ」

僕たちの話がすこしヒートアップしてきたのを横で聞いていたのか、竹島女史が口をはさんできた。そばでみると、赤い縁取りの眼鏡の下にある目は小さくて、魚の一種を連想させる。この人はミスバンブーと呼ぶことにしよう。

「私の名前は韓国のおかげで有名になったわ。韓国の大統領が独島に上陸したときなんか、テレビが『竹島、竹島』と私の名前を連呼するのよ。そのたびに私は振り返るのよ」

「何か商売している店なら宣伝になったのにね。君はたしか何回もこの勉強会に参加しているよね。理科系の大学院生だったかな」

「はい、私は東京科学大学の生命環境科学研究科で、遺伝子工学について研究しています。北見さんが『遺伝子組換え食品』について、この勉強会で講師をしてくれと言ってくれています。厚労省はその安全性をうたうパンフレットをだしていますが、私たち専門研究者は疑問をもっています。遺伝子操作はまだ完全にコントロールされているとはいえず、遺伝子ドライブとかオフターゲット効果とか、あっ、ごめんなさい、専門すぎますよね」

たしかに専門的すぎる。僕とサイドウォーカーは少ししらけたが、

「今度よくその件についてご教示ください。来月の私どもの雑誌の特集記事にしたいです。一般の消費者の関心も高いはずです」とサイドウォーカーの記者魂はすごい。

「よろこんで」

ミスバンブーは理系女らしく、指で眼鏡をつんとあげて、満足そうだ。


「鹿居くんは、お仕事はなにをしているのかしら」

僕はいつも「くん」と呼ばれることが多い、同じ年代からも「さん」と呼ばれた記憶はあまりない。きっと、僕の見た目というか外観と、気の弱そうな顔からそうなるのだろう。病院を受診したときなど、受付で「鹿居さん」と呼ばれたときなど、逆に妙に居心地が悪かった思いがある。

「僕はベースで働いています。軍人ではなく民間人です」

誰がみても僕は軍人にはみえないだろう、なんて馬鹿なことを言っているのだろう。

「あら、奇遇ね。私も週に二日、基地の病院船『ゼウス』で働いているわ、アルバイトだけど」

「病院船？　あの大きな赤十字マークのついた船ですね。僕は一度取材を申し込んで断られましたよ。今度、取材できるよう口添えをお願いします」

サイドウォーカーは、ここでもしたたかだ。

勉強会も、僕がまったく知らなかったことを教えてくれるし、なによりも、懇親会が楽しい。参加者は会社員、学者、京急のバスの運転手、居酒屋チェーンの経営者などと多彩な顔ぶれだ。なによりも、お互いに最低限の敬意とマナーをもって議論しているところがよく、何の知識ももちあわせていない僕にも普通に接してくれるのが、ことのほか嬉しかった。

それにしても、北見氏の情熱には頭が下がる思いだ。勉強会の場所や資料、講師への謝礼などを無償で提供し、懇親会の会費も千円しか徴収しない。何が彼をここまで突き動かしているのだろう。

八　小さな異変

こうして僕はこの半年の間に、すでにこの勉強会に何回も出席するようになり、そしていつのまにか勉強会の常連メンバーとなっていた。勉強会のテーマは多岐にわたっており、僕の知識は飛躍的に増加し、いわゆる「問題意識」というものも高まった。安穏とした学生生活を送り、なんの考えもなく就職した僕にとっては、それは劇的な変化であった。

特に今日のミスバンブー竹島女史の講義は見事だった。それは講義というよりは、学会などでの洗練されたプレゼンテーションといえるレベルのものだった。店の照明を落とし、彼女だけがスポットライトを当てられ浮きあがっている。新調したであろう白いスーツに身を包み、モデル立ちに斜めに構え、腕組みをして僕たちを見下ろす。パワーポイントで作成されたレジメは図表や写真、動画を多用して、彼女の専門的説明は素人の僕たちにもわかりやすく、好評だった。おそらく、ミスバンブーは学会発表でそのようなプレゼンテクニックを磨いたのだろう。

「遺伝子操作食品の危険性」や「ゲノム編集による遺伝子由来疾患の治療研究」、そしていちばん衝撃を受けたのは、中国で二〇一八年にゲノム編集によって産まれた「デザイナーベビー」の写真だった。髪や目の色、肌の色、体格などすべて設計図のとおりに遺伝子を編集された双子の赤ん坊であった。

　また竹島女史は時折ユーモアを交えることも忘れなかった。

「あなたがた男性陣のなかには、まだお子さんがいらっしゃらない方もいますね。該当する殿方は『精子トレーニング』を行ってください」

「えっ、何ていいました？」

　皆がどよめく。

「コペンハーゲン大学で行われている先進的研究で、子造りに励みたい男性に有酸素持久運動を一日一時間、6週間にわたって続けさせます。スポーツジムの自転車こぎとかですが。子造り前の時期に、運動ダイエットによってメタボを改善させ、同時に精子のなかのメタボにかかわる『遺伝子を改善』させるためです。あなたの努力によって遺伝子は書き換えられ、子、孫などの運命も変えることが可能なのです、フン」

　スポーツジムで、メタボな未来のパパたちが汗だくで自転車をこいでいる動画が流され、僕たち男性陣はみな下を向き、おおきなため息をつくしかなかった。

　サイドウォーカー横溝氏は勉強会のあと、よく僕をスナック「ロッキングストーン」に誘ってくれた。彼も「ロッキングストーン」の常連のようだ。今日はミスバンブー竹島女史と新入りの倉沢レラという若い女性も同行して「ロッキングストーン」を訪れた。レラ女史は階段を上がるときから、壁に貼られたモックくんの「経文？」をみて興味津々のようだ。レラ女史の目は小鹿のようなイメージで可愛い。もっとも、僕は奈良の公園の鹿しか見たことはないが。彼女を呼ぶとしたら「バンビ」かな、そう、それがぴったりだ。

「私、こういう店好きよ」

モックくんは、若い女性が二人も来店したので、すこしうれしそうだ。そういえば、モックくんには奥さんか彼女がいるのだろうか。そういう話は一度も聞いたことがなかった。

「この間は大変でしたね」

モックくんはニヤリと笑い、サイドウォーカー横溝氏に丁重にスコッチを出す。

「いや、ほんとまいったよ。何とか北見さんに口をきいてもらい、厳重注意ですんだよ」

口とは裏腹に、サイドウォーカーは全然後悔していないようだ。

僕が危惧したように、サイドウォーカーは、京浜急行電鉄に自分の要請が受け入れられないことに腹をたて、白いペンキスプレーをもって駅のハングル文字を消すという暴挙（快挙）に出たのだ。横須賀中央駅、堀之内駅、そこまではよかった。終点の浦賀駅で駅員に通報され、警察に逮捕されてしまったのだ。奇しくもまさに警察官に逮捕されたとき、電車が到着して、例のゴジラのテーマ曲が鳴り響き映画の一シーンのようだったそうだ。これを見逃してしまったことは、僕としては残念だった。この事件はテレビで全国放送されてしまい、サイドウォーカー氏は一躍「時の人」となり、ワイドショーやＳＮＳで賛否両論がとびかった。結果的には擁護派の意見が圧倒的に多く、著名な美容整形医師や作家から多額な寄付があり、サイドウォーカーは修理費用をすべて弁済して釈放されたのだ。

「はは、あんなのは手始めだよ。あれで、いかに僕の考えが支持されているかわかり、僕はさらなる行動に出るよ、この命を賭して」

　モックくんと僕は、彼に聞こえないように深いため息をつく。

「私は倉沢レラです。一応、これでも大学で心理学の講師をしています」

　レラ女史はモックくん自慢の乳酸菌カクテルを、美味しそうに飲んでいる。大学の講師をしているということはそれなりの歳だろうが、レラ女史はまだ学生のように見える幼い表情を宿していた。

「心理学といっても、いろいろありますよね」

　モックくんがさりげなく、上目使いでレラ女史に探りを入れる。おそらくモックくん得意のインタビューが始まっているのだろう。今日はどのようにして会話し、彼女から情報を聞き出し、彼女の頭の中を丸裸にするのだろう。しかし、レラ女史とて心理学の専門家だ、今日はモックくんが丸裸にされてしまうかもしれない。

「専門分野は深層心理学ですが、授業では『アンダーカバー・マーケティング』について教えています」

何だか理系女史はむずかしい、こんな彼女がいたらどうなるやら、僕にはやはりミキがお似合いのようだ。レラ女史はキッと僕を睨み、少し語気を強めた。

「ステルス・マーケティング、『ステマ』とも言われています。ステルスは、あのレーダーに探知されないステルス戦闘機のあれです。簡略にいうと、『消費者に広告と明記せずに隠して、広告する』手法です。例えば飲食店やパン屋などが新規オープンの時に、派遣会社や広告会社に依頼して、アルバイトを行列させることがあり、これは行列商法と呼びます。あとは、メディア、つまり雑誌やテレビに取材してもらい店の知名度をあげたりすることもあります。口コミも有効で、飲食店を評価するサイトがいくつかありますが、広告会社に依頼して自分の店を高評価させる大量の書きこみをさせたりします」

「昔は飲食店などの開店時に、よくチンドン屋が行進していたけどあれもそうかな?」

サイドウォーカーがよせばいいのに口をはさむ。それにしてもチンドン屋とは何か、僕は知らない。

「チンドン屋さんの手法は『バンドワゴン効果』といいますが、はっきり広告として表現しているので問題にはなりません。最近ではブロガーやユーチューバーのインフルエンサーを雇って、広告と意識させずに自社製品やお店を宣伝させたりと、手口も巧妙になっています。ここで飲んでいるあなたたちが、明日、電車の中や職場で『ロッキングストーンという店は、マスターがイケメンで、料理も美味しい、料金も安い』とふれまわれば、すぐにお客がこの店に殺到しますよ」

「インフルエンザはすぐ感染しますよね」

サイドウォーカー氏は、間違いなく彼女の講義の単位をとれないだろう。レラ女史の乳酸菌カクテルを持つ手が震えている。


「違法な広告手法としては『サブリミナル』もありますよね」

モックくんが見かねて、レラ女史をなだめる。

「はい、私は『サブリミナル』のほうが広告手法としては悪質だと思います。過去アメリカでは、映画館で上映するフィルムにコカコーラとフライドポテトの写真を挿入して観客にみせました。1/3000秒の速さで百回もみせました。その効果か、会場ではコカコーラとフライドポテトは飛ぶように売れたそうです。観客は挿入された映像に気がつきませんが、閾値下では、つまり脳はその映像を認知しているのです」

「怖いですね」

モックくんはニュース番組を放送しているテレビを、なぜか慌てて切りながら話す。

「音楽でもありますよ。アメリカのヘヴィメタルバンド『ベター・バイ・ユー、ベター・

ザン・ミー』という曲を聴いた少年たちが、連続して銃で自殺するという事件がありました。人の聴覚域では聞こえない自殺を誘発する歌詞が入っていたのです」

「似たような話を僕も聞いたことがあるよ。オウム真理教が全盛のころ、ニュース番組やアニメ『シティーハンター』のなかに麻原彰晃の顔が挿入されていて、大問題になったんだよ。結局、オウムが仕掛けたのか、ビデオスタッフのいたずらかはっきりしなかったが」

ほう、サイドウォーカー氏もさすがマスコミ人のはしくれだ。

「多重人格って本当にあるのかしら?」

やはり理系女のミスバンブー竹島女史が、酒に弱いのかもう頬を染めている。

「あります。学問的には『解離性同一症』と言うことが多いですが、複数の人格が同一人物の中にコントロールされた状態で交代して現れるものです。小児期の極度のストレスや、心的外傷(トラウマ)などが要因となりえます。周囲がみて気がつく『憑依型』と、周囲にはわからない『非憑依型』があります。」

「多重人格といえば、『ジキル博士とハイド博士』が有名ですよね」

サイドウォーカー氏はここでも口をはさむ。

「アメリカではビリー・ミリガンという男が有名です。彼は強盗強姦事件で逮捕されましたが、事件を起こしたのは別人格の自分だと主張しました。精神鑑定の結果、実際彼には二十三もの人格があったことが判明しました」

「人格が交互に出現してお互いの人格の存在を知らず、記憶も共有してない、これが映画などで描かれる多重人格者ですが、複数の人格が同時に出現し、記憶を共有する事例もあるのですか？」

驚いた、モックくんの質問はやけに専門的だ、レラ女史もその専門的な質問にすこしびっくりしている。

「程度の差こそあれ、実際にあります。複数の人格が同時に共存し、お互いが交流するという事例もあります。しかしそのような例は稀有です。ほとんどはもっと単純で、子どもがぬいぐるみや、犬・猫に、あたかも彼らが実際に生きていたり、理解できるかのように話しかけるのも、悩んだ時などに独り言をいうのも、ある意味で解離性同一症の徴候です。基本的に多重人格というのは弱い人に発症することが多いとされています。『交代人格』はその『主人格』を守るために出現してくるのです、いわゆる主人格が自己崩壊しないための安全弁といえます」


僕は先日のクリスの異変を思い出す。

マッチョだが優しいクリスは声を荒げることもなく、いつも穏やかだ。同僚の兵士たちにからかわれることもたまにあったが、クリスは相手にしなかった。ところが、つい先日のことだが、そんなクリスが、ゴキブリをブーツで踏みつぶし、ねずみを倉庫の壁に叩きつけ惨殺したのだ。残虐なその行為よりも何よりも怖かったのはクリスの表情であり、殺しを楽しんでいるような不気味さだった。まったくいつものクリスと異なる別人を見ているようだった。そして、最近のクリスは一人岸壁に座り海を見ていることが多くなり、顔は何か痛みに耐えているように歪んでいた。クリスも多重人格者で、別の人格をいくつも有しているのかもしれない。いままでは巧みに別人格を隠していたのかもしれないが、ここ数カ月ほどクリスの目に宿る孤独な光と凶暴性に僕は気づいていた。


レラ女史が僕をじっと見つめている。僕は彼女の視線に気づき、どぎまぎした。

「あなたに興味があります」

「えっ?」、店の皆がレラ女史の言葉に驚いた。

「いえ、あなたが素敵とかではなく、学問的にあなたの言動に興味を覚えただけです」、レラ女史は慌てて言い直した。

僕はいつもの頭痛が起こり、顔をしかめた。

「ごめんなさい、気を悪くしないでくださいね。あなたの表情や話し方が、なんだか芝居の台本を読んでいるように感じたから。本当にごめんなさい」

レラ女史の指摘に僕はとまどい、頭痛はさらに激しくなり、店に少し気まずい雰囲気が漂った。

「あれ、クリスじゃないか？」

その勉強会の翌週、偶然僕は前を歩いていくクリスを見つけた。クリスは前だけを見て駅前を歩いている。そして、僕はクリスを尾行することにした。最近のクリスの様子にただならぬものを感じた僕は、クリスの行動を調査することにしたのだ。クリスに悪影響を与えるような人物と会っているようだったら、あのジーク少佐に報告するつもりだった。大きな肩を丸めて歩いていくクリスは、ひときわ背が高いので見失うことはない。

「尾行や偵察は僕にまかして」

猫のカントが僕の耳元で指図する。僕は一瞬自分が猫になったような感覚を覚えた。猫の視線、感覚から見たこの世界はこんな風に見えるのか、いつもとまったく違う世界が広がっていた。行きかう人々の顔に浮かぶ様々な感情が手にとるようにわかり、それに何よりも鼻をつく臭いのすごいことである。本当に人間はこんなに様々な臭いを発散しながら生活しているのだろうか。よく猫は、初めてあった人間が猫好きか嫌いかわかるといわれるが、その通りだ。猫や犬の臭いのついた人間など即座にわかるし、昼食に何を食べたかも一目瞭然、いや一嗅ぎ瞭然だ。

予想されたことだが、クリスは京浜急行横須賀中央駅方面にむかい、若松マーケットのスナック「ロッキングストーン」の階段を登っていく。クリスの大きな身体は狭い階段の壁にはさまれて、窮屈そうだ。

僕は音のしないように階段をそっと猫足で登った。ガタガタの階段だが、細心の注意を払い、軋み音をださないようにした。入口のドアのガラスからそっと店内を覗いて見る。カウンターに座ったクリスの大きな背中が見え、モックくんと何か話し込んでいるようだ。クリスの他にはお客はいなかった。

ただ会話しているだけのようだが、少し時間をおいてから店に入ることにした。僕は、飲み屋街若松マーケットを一周してから、店への階段を登った。今度はギシギシ大きな軋み音がした。

「こんにちは」

僕は何事もなかったように店に入り、モックくんに挨拶したが、クリスはどこにもいない。

「いらっしゃい」

モックくんはいつものように、僕と視線をあわせずに迎える。いつものように、ただ下を見てグラスをこれでもかと磨いている。

クリスはどこだろう？　まだ、あれから十分もたってないのに。トイレかな？

結局、クリスはもう帰ってしまったのか、店内にはいなかった。そして、僕は、今日のモックくんの態度になにか違和感を覚え、モックくんにクリスのことはあえて聞かなかった。

「なにかが怪しい」

モックくんとクリスの関係を、さらに徹底的に調べなければならないかもしれない。

＊

「君は変わったね」

帰宅すると、猫のカントが僕を横目でみて言う。僕はいつものように録画したアメリカのテレビ番組『メンタリスト』を見ている。

「どこが？」

「すべてさ。君の欠点は数えきれないほどあったけど、僕は逆にその君の欠点が好きだったんだよ」

「ミキのことを言っているのかい、それとも勉強会のことかな。そもそも君は男女関係についてはアドバイスできないだろう」

カントの去勢手術をしたのは僕ではない、僕には責任はない。

「君はベースで働いているのに、最近は米兵、アメリカを憎むようになってきている。それに『白根家』にあまり行かなくなり、『ロッキングストーン』や勉強会にばかり行っている」

「僕はモックくんと勉強会に居場所を、自分の居場所をみつけたんだよ。勉強会で僕は隠された真実を知った。この世の中の裏で起っている為政者たちの陰謀や策略、第二次大戦中・戦後のアメリカの残虐さ・陰謀も知ってしまった。でも憎むのは米兵すべてではない、クリスは好きだよ、トモダチともいえる」

「君は知らなくてよいことを知りすぎたのかもしれないね」

カントの指摘は当たっているかもしれない、しかし勉強会で啓蒙されたのか、僕の「問題意識」は異常なまでに高まっていた。

なぜ奴隷制度があったのか

なぜ南アメリカの人々はスペイン語を話しているのか

なぜ中東はあのように分割され紛争が続くのか

なぜ自衛隊は軍隊ではないのか

＊

「ねえ、何だかテレビの画面が変じゃないかい？　目がチカチカするよ。それに放送時間が前より長い気がするよ。ねえ、そのデジタル録画機はスロー再生できるよね、スローにして再生して」

カントは拗ねているようだ。いままでは僕の話し相手はカントだけだったが、今はミキ、クリス、モックくん、そして愛ママがいる。カントが現れる回数も、心なしか少なくなっているような気がする。

仕方なくデジタル録画機のリモコンを操作しスローにする。早送りにしたことはあるが、スローなんかしたことがないので、すこし操作に手間取る。

「えっ！」

「ふにゃ！」

ドラマの場面の合間、合間に繰り返し、ドラマと何の関係もない変な画像がでてくるではないか！　原爆のキノコ雲、焼き場に立つ少年、高笑いするルメイの顔、東京大空襲で焼け焦げた死体の山、覚醒せよと叫ぶビンラディン、天皇陛下の横にポケットに手を入れて傲慢に立つマッカーサー、とどめはバラバラに惨殺された猫の死体。映像は一瞬だが確かに無数のわけのわからない映像が紛れ込んでいるではないか。

僕は言葉を失った。そして激しい頭痛に襲われた。カントの長い髭も小刻みに震えている。

他の録画ドラマも調べてみるとほとんどすべての録画ドラマに、何らかの写真が巧みに挿入されていた。これはどういうことだろうか、そもそも放映時から無関係な写真が挿入されており、視聴者全員が意識操作されているのだろうか、あるいは僕だけが誰かに洗脳工作をされているのだろうか？　そうだ、こういう案件は、専門家である心理学者の倉沢レラ女史に相談してみる必要があるようだ。

九　街を覆う黒い影

今朝は少し雲が多く、ネズミ色の空はいまにも泣き出しそうである。いつものように僕はマンションのオートロックを抜け、管理人室の前を通る。

「鹿居さん、鹿居さん！」

管理人の小林さんが血相を変えて僕を呼んでいる。小林さんは自衛隊を退任後、このマンションの管理人をもう五年もしている、よく気のつくおじさんだ。鯵釣りの名人で、あまりに釣りにばかりいって家庭を顧みなかったので定年離婚されたと、同僚の管理人佐藤さんから聞いたことがある。

「テレビ見た？　大変だよ、横須賀米軍基地で米兵が殺されたよ！」

小林さんは管理人室のなかの小さいテレビを指さす。

「えっ、殺された？」

僕は基本的には朝はテレビを見ない。どのチャンネルを回しても同じようなワイドショーで、同じようなニュースを、薄っぺらのＭＣやコメンテーターが興味を煽るようにしゃべっているからだ。また、夜も夜だ。安上がりのクイズ番組や食レポ番組のめじろおし、そして関西系のお笑い芸人が仲間内でいじりあう番組など、生理的嫌悪感をもよおし、見る気がしないからだ。最近の僕がよく見るのは、アメリカの刑事ものドラマやサスペンス、岩合さんの「世界ネコ歩き」、ＮＨＫスペシャルぐらいだが、これらを録画して時間があるときにまとめて見ている。これだけでもすべて見るにはかなりの時間がかかる。音量が大きく、繰り返されるコマーシャルはもちろんとばして見る。これだけで、かなりの時間の節約になる。

小林さんの剣幕にただ事ではないと、僕は管理人室の小さな窓からテレビをのぞき込んだ。見慣れた基地の正面ゲートが画面に映しだされており、多くのテレビ取材車や取材関係者がひしめいている。そして規制線のまわりを取り巻く多くの野次馬たち。こんな朝早くにこれだけの群衆がいること自体驚きだが、上空にも無数のヘリコプターが飛び交っている。

「基地内の食糧保管倉庫で米兵一人が殺されているのが今日の早朝に発見されました。被害者の詳細、殺害状況などはまだ不明です。基地内はアメリカの司法権が適用されますので、米軍保安部隊が詳細を検分中で、横須賀警察署の捜査官は基地外に待機している状況です」

レポーターの声は絶叫に近い、それでも周囲の騒音でよく聞き取れない。

僕はとにもかくにも、早く基地に行かねばと浦賀駅まで全力で走った。普段は速足で歩いて八分くらいだが、駅にはあっというまにつき、僕は汗まみれになりながらホームに立つ。

じゃじゃじゃん、じゃじゃじゃじゃん

ゴジラのテーマ曲とともに電車が入線してきた。ここだけは、いつもと同じ光景である。

「食糧保管倉庫？　僕たちの職場じゃないか。殺されたのは知っている兵士かな」

疑問は次々とわきあがり尽きない。横須賀ではこんな大事件はここ何年もないのではないか。

基地前に到着すると、取材陣や野次馬はさらに増えていた。僕は通行証をかざして規制線を突破しようとするが、僕の通行証をみたレポーターたちが何本もマイクを突き出してくる。

「基地の関係者ですか？　何か一言お願いします！」

何とか人混みをくぐりぬけ基地内に入ると、すでに到着していた同僚たちが興奮している。米兵の保安部隊の兵士たちは完全武装して僕に鋭い視線を送る。

「ゴードン軍曹が殺されたようだ。倉庫の冷凍庫の中でコチコチに凍り付いて発見された。もう死体は運び出されたようで、いま鑑識作業をしていて、僕たちは職場に入れないんだ」

「僕は死体が運び出されるのを見たが、死体袋がすごく小さかったのが奇妙だったよ」

ゴードン軍曹は巨体で、でっぷりと太っている。死体袋が小さいとはどういうことか？

彼は死体袋に入らないほどのデブのはずだが？

「君たちは保管庫の横の休憩室で待機するように。これから一人ずつ、事情聴取する。もちろん、外部のものと接触・連絡をしないように」

普段は陽気な保安部隊長のサンダース少尉の顔は引きつっており、小銃の引き金に指をかけている。安全装置はかかっているだろうが、穏やかでない。


僕たち日本人スタッフへの事情聴取は比較的簡単なものだった。昨晩何時に出退したか、その後何をしていたか、ゴードン軍曹の勤務態度や恨みをもっている人物はいないか、という質問だけだった。僕たちは基本的に業務が終わると基地を出て家に帰る。死体が冷凍庫にあったため、ゴードン軍曹の死亡推定時刻は特定できていなかった。

クリスの姿はまだ見かけていない。基地内に居住している米兵たちへの事情聴取は、かなり厳しいもののようである。それは尋問に近いもののようで、事情聴取を終えた兵士の顔は皆、青ざめていた。

「米兵が二人行方不明だそうだ。保安部隊は彼らが犯人ではないかと疑っている。二人とも懲戒歴のある問題兵士でもあったからね」

事情聴取を終えた米兵の一人が僕たちの待機所を訪れ、そっと教えてくれた。

「基地内、基地外、どちらにいるのですか？」

「出退記録でみると、基地から出ていない。もちろん彼ら二人は銃を持っているし、素行も悪いので危険だ。保安部隊の兵士はすでに銃の安全装置をはずしているから、君たちも誤射されないように気をつけたほうがいい。発砲許可も出ている」

　僕たちのサプライヤードのサンドバル少尉が待機所に現れ、僕たちを悲しそうにみまわして、説明を始めた。

「知ってのとおり、基地の内外は大騒ぎである。君たちの上司であり仲間のゴードンが何者かに殺された。昨日殺され冷凍庫に放り込まれたようだ。発見されたのは今朝の五時ころで、これから死体検案がされる。冷凍されていたので死亡時間は特定できないので、基地外にいた君たち全員の疑いも晴れない。しかし、今の段階で犯人は基地内の居住者に限定された。この写真を見てくれたまえ、ハリス二等兵、ジョンソン二等兵だ」

　少尉は大きくひきのばした黒人兵二人の顔写真を僕たちに突き出したが、その手は微妙に震えている。

「この二人がいまのところ最重要容疑者だ。いま基地内を捜索しているが行方不明のままだ。君たちもこの二人を見たら、即座に通報してほしい。彼らの銃グロック１９も不明なので、武装していると思われる」

「基地外に逃げたということはないのでしょうか？」

「それはないだろう。基地内のすべての監視カメラを調査中だ。また、横須賀警察も念のため市内全域をパトロールしてくれている。本日は実作業を中止し、定時までここで待機するように。もちろん、外部との連絡はメール、電話とも禁じる。また退出してもマスコミ関係のインタビューには応じないように」

グロック１９は自動拳銃で殺傷能力が高く、海兵隊員の標準装備だ。そんな危険な武器を持った兵士が二人も基地内か、市内に隠れているとあっては、とてもではないが怖くて外出できないだろう。


定時に基地を出た僕の足は自然とスナック「ロッキングストーン」に向かう。基地周辺から横須賀中央駅までの間だけでもおびただしい数の警察官、機動隊員、自衛隊員が警備にあたっている。結局、朝から夕方の現在五時までの基地内の大捜索にもかかわらず、手配の二人は発見されなかった。今後は基地外に逃走したことも想定せざるをえない状況であった。

「どうも」

僕は平静を装って店に入る。もう階段をあがる僕の足音で、すでにモックくんは僕だと気づいているだろう。

「君は猫のように階段を登ってくるね」、そんな声が聞こえそうだ。

店にはすでにサイドウォーカーこと横溝氏が飲んでいる。

「鹿居くん、待っていたんだよ」

こぢんまりとした店には不釣り合いに大きいテレビでは、案の定、米軍基地での殺人事件が報道されている。おそらくどのチャンネルでもこの事件の報道だけだろう。テレビを切ってほしいが、そうとも言えない。

「犯人の目星はついているようだね」

サイドウォーカーが指さすテレビ画面には、行方不明の兵士二人の顔写真が大きく映し出されている。凶悪犯ということで、公開捜査となったようだ。麻薬がらみか、この二人とゴードン軍曹がもめていたとの証言があると、レポーターは早口でまくしたてる。

「この二人はこの店にきたことがあるよ」

モックくんはさらりといい、サイドウォーカーがウイスキーをふきこぼした。僕も思わずモックくんの顔をみやる、モックくんの目は顔の真ん中にぽっかりと空いた黒い穴のようにみえる。モックくんのまばたきは異常に少ない。

「数カ月前ぐらいだったかな。ふらりと二人で店に入ってきてバーボンを二杯ほど飲んで、大人しく帰っていったよ。入れ違いに木村さんがきたから、階段ですれ違ったのじゃないかな。彼らは知り合いではなさそうだったけど」

「この二人に間違いないの？」

サイドウォーカーは疑う。この男はモックくんが渦中の二人を知っていたという事実にも、ジェラシーを感じているのだろう。

「僕は一度でもあったことのある人の顔は忘れないよ。忘れたいときもあるけどね」

突然テレビからの声が大きくなる。

「発見されました、行方不明で犯人とされていた二人の米兵が発見されました！」

「発見？　逮捕じゃないのかな」、僕はいぶかしく思う。

「米軍基地から十キロほど離れた観音崎海岸に、二人の死体が流れつき、地元漁師が発見しました。発見した漁師鈴木さんにその時の状況をうかがいます。鈴木さん、鈴木さん！」

「午後五時ころかな、定置網の片づけをしようと船を係留してあるところに行ったんです。すると、私の船の横に何か浮いているんですよ、なんか黒くてアザラシみたいに丸いのが。かぎ爪でひきよせてたまげました、死体だったんです！」

漁師の鈴木さんはすぐ警察に連絡し、到着した警察と消防団が観音崎の港、浜をさらに捜索したところ、さらにもう一体の死体が発見されたそうだ。二名とも黒人で、漁船か貨物船のスクリューで切断されたのか、胴体しかみつからなかった。現在も両名の頭部と手足を捜索中で、潮の流れを考えて、走水、鴨居、久里浜のほうまで捜索範囲を広げているそうだ。

「胴体だけ？　米軍基地から流されたとしたら、あそこから久里浜までの潮流はものすごく速いよ。逃げ場所がなくなり基地の船着き場から泳いで逃げたのだな」

走水海岸で溺れたことがあるというサイドウォーカーは、したり顔で言う。

「海兵隊員が溺れますかね。やはりこの二人も基地内で殺されて、海に投げ込まれたんじゃないのかな」

僕はモックくんの意見に投票する。

「いずれにしても、手足はもう魚やタコ、貝のごちそうになっているな」

サイドウォーカーがウイスキーのロックグラスの縁を舐めながら、顔をしかめた。

僕はふと思い出す、二〇〇四年のスマトラ沖大地震を。タイの観光ビーチ「プーケット」を襲った津波で多くの住民や観光客が流された。いまでこそ「ツナミ」という言葉を全世界の人が知っているが、当時のタイの人々はツナミなど誰も知らなかった。特に悲惨なことは、子どもたちが潮が引いてむき出しになった海に、貝やエビ、小魚を拾いに殺到してしまったことだ。子どもの犠牲者は相当の数になった。中学生だった僕は、母とともに固唾をのんでテレビ画面に釘付けになったものだ。そしてそれから七年後にまさか、同じ津波被害の光景を日本で、東日本大震災で見ることになるとは思いもしなかった。

「タイのプーケットの人々はツナミ後の一年間は海老を食べられなかったそうだよ。海老は肉食だからね」

モックくんは僕の心を読んだかのように、追い打ちをかける。

「そうだね、僕の住んでいた湘南では白バイ貝のことを『しびとつぼ』と呼んでいたよ。江ノ島で溺れた土座衛門はだいたい大磯あたりに流れ着くんだ。子どものとき見た土座衛門は穴という穴にしびとつぼが入りこんでいたよ」

サイドウォーカーは得意そうに「湘南では」を大きく発音し、補足する。

「そもそも、土座衛門のいわれは……」

もういいです、あなたがた二人にはついていけません。

「殺された米兵は鹿居くんの直属の上司だったんだよね。どんな人だったのかな」

モックくんはクリスのことを一度も話題にしない。殺されたゴードン軍曹はクリスの上司でもあるのに。

「普通の陽気なテキサス親爺でした。上司としては可もなく不可もなく、かな。ビールとハンバーガー、ステーキ好きで、力士土座衛門のように太っていましたよ」

　僕は精一杯の虚勢をはった。

「実はね、僕はね来月韓国に行ってくるよ」

　突然、サイドウォーカー横溝が切り出した。

　あれ、サイドウォーカーは韓国嫌いだったはずだが。韓国中のハングル文字を消しにいくわけでもあるまい。

「確かに僕は嫌韓だけど、韓国には一度も行ったことがないんだ。やはり、この目で韓国という国をしっかりみてから批判しなければ、ジャーナリストといえないと思ったんだ。ちょうどそんなときにスポンサーが現れて、渡航資金をだしてくれたんだ、それも飛行機はビジネスクラスでね。まあ、かわりに韓国人の反日感情、不買運動についての報告書を頼まれたがね。キムチをお土産に買ってきますよ」

　モックくんは黙って聞きながら、グラスをこれでもかと磨いている。チベットの僧侶が無心でマニ車を回すように。

*

「君は犯人を知っているね」

カントは帰宅した僕を下から、すきのない姿勢をとりながら、妙なことを言う。

「犯人はあの黒人兵二人さ、逃げ切れないと自殺したのだろう」

「テレビではそう言っているね、それを君は信じるのかい」

「彼らは薬中だったんだよ、よくある話さ」

「プリンスやトム・ペティ、ＭＬＢの投手が摂取して死んだオキシコドンという薬だね」

カントは物知りだ。カントが知っていることは僕も知っているはずだが、僕はすぐ忘れてしまう。忘れることも大事なことだと思う、脳の記憶容量には限界があると何かで読んだおぼえがある。

「君は生きているときは、海老がことのほか好物だったね」

僕はカントに釘を刺し、カントは背をむけてどこかに行ってしまう。そしてまた、僕は軽い頭痛を覚えた。

十　トリガーポイント

　蒸し暑い一日が終わり、夜の八時ということもあり、今は夜風が心地よい。基地での殺人事件からすでに十日が経過している。

「犯人はいったい誰だったのだろうか？」

　ゴードン軍曹は黒人兵二人に殺されたのか、黒人兵二人は自殺か殺されたのか、真相はいまだに解明されていない。多少、基地内の動揺は静まってきたが、米兵は自分たちのなかに猟奇的殺人犯が紛れ込んでいるはずだと疑心暗鬼になっている。それでも僕たちは仕事をしなければならない。

　原子力空母「ロナルド・レーガン」が寄港して一週間がたったが、次の出動にむけての準備に僕たちサプライヤードは追われていた。それでもインターネット時代になり、少しは積載貨物が減ったと、古参の同僚は昔の話をする。昔は雑誌や本、ＣＤ、ビデオなどが大量に持ち込まれて、大変な作業だったそうだ。現在は、音楽も本も、映画もノートパソコンかタブレットがあればＯＫだ。もちろん、次の任務先は機密事項だが、乗組員たちの会話から、尖閣諸島周辺から台湾海峡での中国海軍への牽制行動であるようだ。このところ、中国海軍からの日本国の排他的水域への領海侵犯が多発しており、日本政府も自衛隊も米軍も少しぴりぴりしている。

中国空母「遼寧」が威嚇的に航行しているが、ジーク少佐は「ウクライナから買ったポンコツを改造しただけのハリボテ空母で、実際に交戦すれば五分で撃沈できる」と分析している。

残業を終えてお腹もすいた僕は、一人で「ヒデヨシ商店」に行くことにした。米兵の夜間外出禁止もすでに解かれていた。「ヒデヨシ商店」は、米軍基地すぐ近くの汐入駅から北へ歩いて五分ほどにある立ち飲み屋である。

店内に入ると左手に奥まで伸びたカウンターがあり、中央には細長いテーブルが二つある。正面奥には業務用冷蔵庫があり、テーブル代わりにもなっている。トイレは女子用しかなく、男子は駅前の公衆トイレまで行かねばならない。もちろん客層の九割はアメリカ兵であり、日本式「角打ちスタイル」で飲んでいる。ビールは元々が酒屋だけあって格安なのが嬉しい。さらに銘柄もアサヒ、サッポロ、キリンラガー、キリン一番搾りと4種類もある。米兵はビールならキリンラガーが好みのようであるが、多くの米兵はサワーを飲んでいる。クリームメロンソーダ割、パイナップルジュース割などの酎ハイを飲んでいる。この店が、別名「CHUHI STAND」といわれるゆえんである。店は朝の十時から夜の八時まで営業しているが、やはり米軍の勤務シフトに合わせているのだろう。ヒデヨシ商店は三十年まえから「角打ちスタイル」の営業を始めたが、このように外国人が増えたのはここ十五年ほどのことのようだ。店の壁には無数の一ドル紙幣が貼られており、さらには壁がいっぱいになってしまったのか天井にもびっしりと貼られている。よく見ると一ドル紙幣にはアメリカ兵たちのメッセージが書かれている。日本での任期を終えたアメリカ兵が店への思いをこめたものだろう。一ドル札にメッセージを残した彼ら米兵の何人かは、すでに命を落としているものもいることだろう。

僕は店に入ると、満員のお客の間のわずかな隙間を見つけてキリンラガービールを頼んだ。アサヒスーパードライは、中学生時代によく飲んだドクター・ペッパーという薬くさい清涼飲料水に似ていて好きではない。僕の左隣りは若い屈強なアメリカ兵であり、二の腕に和彫りをしている。右隣は初老の日本人の親爺さんである。

「乾杯！」

この店のしきたりだが、飲み物がくると、まず両隣と軽く乾杯して、グラスを口にする。

「今日の仕事はつらかった～、あとはー」

隣の親爺さんはすでにできあがっているのか、小声で何やら口ずさんでいる。昔のフォークのようだが、僕の世代ではまったく知らない歌である。

「この歌、知ってるかい、『山谷ブルース』といって、昔かなりはやった労働歌だよ」

「労働歌って何ですか？」

残業で疲れている僕だが、少し話し相手をするのも悪くないなとおもった。ひとりで一言もしゃべらず飲んでいるよりは確実にいいだろう。それに、最近は米兵と飲むのにすこし抵抗を感じていた。ちょっと前までは、基地勤務ということや、英会話の勉強になるし、何よりも底抜けに陽気な彼らは友好的で、僕はそんな米兵たちと飲むのが好きだったが、ここ一カ月ほどは不思議なことに彼ら米兵に嫌悪感を激しく感じてしまう。こんなことではいけないことはわかっている、僕は基地で働いているのだ。

「おまえらは原爆を落として何万人も殺した、東京に無差別爆撃をした、そこに正義はあるのか！」、僕のうちなる声が叫ぶ。

「私はね、浦賀ドックで何十年も働いていたんですよ。そのころは景気がよく、受注も多く残業の連続でしたよ。ドックの周りには小さい居酒屋やスナックが立ち並び、連日職人たちであふれていたものです。給料日ともなると、ドックの出口には飲み屋の女将たちが並び、ツケを集金していたものさ」

「どんな船を建造していたのですか？」

僕は彼にミスタードックとあだ名をつけた。僕はビールの苦さですこし痺れた舌を気にしながら聞く。

「貨物船が多かったが、タンカー、客船もあったね。最後の仕事は芦ノ湖の遊覧船、ほらあの海賊船を造ったことかな。三百十五トン、三十五メートルあってね、船を三つに分けて造り、芦ノ湖に陸送してから、現地で組み立てたんだ」

「その船なら、僕も昔乗ったことがあります」

　僕は家族でその海賊船に乗った記憶を探りだそうとするが、記憶はぼやけている。

「ドックは大手の会社が経営していたんだが、国際受注競争に負けたことや、船舶の需要が減ったことから、二〇〇三年に閉鎖されちまった。閉鎖にあたり、会社側の第一組合と俺たちの第二組合が激しく対立し、死傷者まででたんだ。夜ごと、俺たちは飲み屋で激論し、『山谷ブルース』や『友よ』を歌ったもんだ、まあ、あのころは皆、左翼運動に染まっていたからな」

　ミスタードックはペラペラのプラスチックのコップをぐっと飲み干すと、深いため息をついた。僕はいま現在、その浦賀ドックがあった街に住んでいるが、ここは余計なことは言わないほうがいいかなと思った。ミスタードックは昔の労働争議時代に戻ったかのように、言葉づかいも荒くなってきている。

「船の進水式のときは、街にサイレンが鳴り響き、ドック前の道路は船の進水とともに、巨大な波を浴びて水浸しになったもんだ。それでも町民は皆、拍手をして進水式を祝ってくれ、通りかかった車のクラクションも派手に鳴り響いたものさ」

左隣りの米兵の若者が何か英語で僕に話しかけているようだが、今日はあまり米兵とは話したくない。僕は、聞こえないふりをした。すると彼は執拗に僕の手をつかみ、頼んできた。

「僕は巡洋艦『ホワイトホーク』の乗組員です。明日、横須賀を立ちホルムズ海峡に行きます。すみませんが、どうしても少しお金が入用なので、この帽子とこれを買ってくれませんか。一万円でお願いします」

和彫りの米兵は巡洋艦のキャップを僕に被せ、ぼくの手の平にナイフをすべりこませた。帽子はまだ新しく、紺色の生地に金色で船名が、銀色で白鷹の図柄が刺繍されていて、なかなかの値打ちものだ。ナイフはかなり大きく、米軍が戦闘で使うダガーナイフだ。ダガーナイフは両刃のナイフで、二〇〇三年におきた秋葉原通り魔事件で使われたことを契機に、日本では所持禁止になっている。

「これはまずいよ」

ダガーナイフは僕の手にずしりと重かったが、銃刀法違反だ、僕は彼にナイフを押し返した。しかし、彼は受け取らず「プリーズ」とくりかえした。

「まあいいか。あとでナイフはクリスに渡そう」

僕から一万円札を受け取った和彫りの兵士は礼をいい、店の壁を指さした。

「知っていますか、一ドル紙幣には目があります」

「目？」

「そうです、万物を見通す目、『プロビデンスの目』です」

言われて壁の一ドル紙幣に目を凝らすと、確かに左側のピラミッドの上に目が一つあった。これはどういう意味か聞こうと振り返ると、若い兵士はすでに店を出てしまっていた。

ここ横須賀のドブ板通りでは、多くの店が米兵から買い取った商品を売っている。軍服、記章、ジッポライター、ありとあらゆるものだ。特にフライトジャケットと艦名のはいったキャップが人気であり、コピー製品が作られているほどだ。

ミスタードックはさらに昔話をとめどもなくしてきたが、きっと話し相手は僕でなくても誰でもよかったのだろう。僕がいなければ隣の若い米兵に、理解されなくてもしゃべり続けていただろう。ビールを飲み干し、もう一杯緑茶ハイを飲んだ僕は、買い取ったキャップを被り、あまり長居することなく店をでた。ポケットに入れたダガーナイフが嵩張り、少し歩きにくかった。ほんの四十分ぐらいかな、まあいい酒だった。あとは汐入駅から浦賀駅行の京急に乗るだけだ。

「キャー、助けて！」

どこかでかすかに助けを呼ぶ女性の声がしたようだ、いや、確かにした。僕は驚いてあたりを見回すが、それらしい姿は見えない。「ヒデヨシ商店」から汐入駅に行くには暗いガード下を通るが、どうやらその先の駐車場のほうから声がしたようである。このあたりは街灯も少なく、あっても暗い。僕は目をこらして駐車場に走った。何ということだ、駐車場には十台ほどの車が駐車されているが、大きなワンボックスカーに挟まれた死角になったところで、米兵二人が日本女性に暴行しているようだ。一人の白人兵が後ろから小柄な女性を抱え、前に仁王立ちした黒人兵が女性の足を両脇に抱えているではないか。女性はもう叫ぶこともできないようで、されるままになっている。

「ストップ！」

自分でも驚くほど大きな声がでたが、米兵二人は無視している。止めなければと、僕は黒人兵の後ろから腰にしがみつき、全身の力を出して引っ張ったが巨大な黒人兵は微動だにしない。本来、ここで通報するか人を呼ぶべきだったのだろう。「ヒデヨシ商店」のそばにはMPがいるはずだ。僕にとっての最大の判断ミスだった。

「ゴーアウェー！」

黒人兵は女性を離し、僕のほうに振り返り威嚇してきた。彼のペニス、巨大なペニスは濡れてそそり立っている。彼のペニスは僕を逆上させた。黒人兵の顔めがけて僕は右フックをはなったが、僕は人を殴ったことがない。彼にすれば僕のパンチなど猫パンチであろう、すぐに強烈な蹴りを脇腹にくらい、僕は数メートル弾きとばされ、駐車している車のドアに頭をうちつけた。駐車場の砂利が頬にすれ、脇腹に激痛が走り、意識が遠のいていく。おそらく肋骨の何本かは折れているだろう。激しい頭痛がまた僕を襲う。

「もうだめだ、強さがなければ正義ははたせないのだ」

　僕は自分の非力さ、弱さを呪った。


「純？」

か細い女性の声がし、意識が薄れたが暗闇になれた僕の眼にうつったのはミキだった。顔は殴られ大きく腫れて、ブラウスは引きちぎられ、Gパンは脱がされて片足にぶら下がっている。なぜミキがここにいるのだ、なぜ強姦されているのだ⁉

「ビッチ！」

　黒人兵は僕が倒れて起き上がれないのを見て、またミキのほうに向かい、汚い言葉を吐いた。

　そう、これが僕のトリガーポイントだった。中学二年生の時に、通学の道すがらの空き地でいじめっこのボスが野良猫にしたこと、蹴り飛ばし、最後は残虐に猫の手足を折っていった。猫はそれでもまだ生きていて、何もできない僕をじっと見ていた。そして、いま僕は切れた。

「ヘイ！」

　後ろから刺すのは卑怯だ、僕は黒人兵を振り向かせ、身体ごと巨大な彼に体当たりした。

僕の手のダガーナイフは何の抵抗もなく彼の脇腹に吸い込まれていく。この感覚はどこかで経験したことがあるようで、懐かしい感触だった。

「ナイフは肋骨を避けるため水平に構えて刺し、最後に捻るんだ」

誰の教えだろう、遠い過去に誰かが僕にそう教えていた。僕はいつもの激しい頭痛に襲われたが、僕はナイフを水平に構え突き刺し、ナイフを力のかぎり捻った。肋骨に当たった感触はなく、ナイフは深く吸い込まれていった。黒人兵はひどいうめき声をだして、駐車場の砂利の上にあっけなく倒れた。

「ダムイッツ！」

もう一人の白人兵がミキを放り出し、ナイフを抜いて僕に突進してくるではないか。彼の手にしているのはバタフライナイフだ、それも特大な刃渡りで、銀色に光っている。僕のナイフは黒人兵の腹に刺さったままだ。

「刺される！」

僕は恐怖に目をつむり、強烈な頭痛とともに、目の奥に閃光が走った。

「フン、やれるものならやってみろ！」

俺は身体を斜めに構え、バタフライナイフとの間合いを測った。右利きの奴は俺の腹にナイフを突き刺してくるだろう、身体を左にかわし、奴の手首を支点として右腕の関節を叩き折る、簡単なことだ。

「ウーラー！」

奴が俺の予想どおりナイフを突き出してきた。

バッシーン
突然、ものすごい轟音がして俺は地面に吹き飛ばされた。


頭を打ったのだろうか、ひどい頭痛がする。何が起きたのか？　やっとのことで僕は目を開けると、目の前に白人兵の姿はなかった。

「ジュン、大丈夫かい？」

何と、クリスがそこにいて心配そうに僕をのぞき込んでいる。白人兵はどこにいったのだろう。横の白いSUVというか大きな車の横に白人兵は倒れて、苦しそうに呻いている。どうやら、クリスがナイフを持った彼に体当たりをして、車に叩きつけたようだ。

「ジュン、早く逃げて！　ここは僕にまかせて」

そんなこと言っても、もう黒人兵は自分の腹のナイフを抜いて身構えている。腹からはどす黒い血が流れているが、黒人兵は血を見てさらに逆上している。白人兵もすでに立ち上がり、クリスを挟み撃ちにしている。気の優しいクリスはナイフを持った兵隊二人と戦えるのだろうか？　男二人は見たこともない知らない顔だ、最近入港した巡洋艦『ホワイトホーク』の乗組員かもしれない。ミキはどうしているかとみると、すでにGパンをはき、立ち上がって僕とクリスを呆然とみている。

「ここは大丈夫、彼女を連れて立ち去ってくれ。そして君は何も見なかったんだ。君はここにはいなかったんだ！」

クリスは冷静に、また、僕が今まで見たこともない冷酷ともいえる表情をしている。兵士の顔だ、それも恐れを知らない勇敢な兵士の顔である。僕はミキを抱えるようにして駐車場から走り去り、京急のガード下で息がきれ、汚れた壁に倒れこんだ。駐車場を後にした時、米兵二人がクリスに飛び掛かる「ウーラー」という叫び声が響いた。

「放して、痛いわ」

ミキの声に、彼女の身体を強く抱いていたことに気づき、僕は慌てて手を離す。ミキは僕の顔を見ずひきつった顔で、駅に向かって歩いていく。破れたブラウスの前を両手で隠し、小さな肩を震わせてとぼとぼと僕をガード下において帰っていく。あんな凄惨な現場を僕に見られて、彼女は混乱しているのだろう。今はそっとしておいてあげよう、腹部の激痛に耐えながら僕は自分を納得させた。

「クリス！」

クリスはどうなったのか、慌てて僕は駐車場に引き返してすこし離れたところから様子をうかがったが、もうそこには誰もいなく、夜の静寂だけが支配していた。

「米兵同士話しあい、なんとか喧嘩はおさまったのかな。でも、あの黒人兵を僕は刺したのだ、確かにおびただしい血も流れていた」

腹を蹴られ、傷の痛みと頭痛でボロボロの僕は、何とか浦賀のマンションに辿りついたが、どうやって帰ったかはまったく覚えていない。洗面所で汚れた顔を洗おうとすると、僕の青いシャツにどす黒いシミがついている。

「やはり夢ではないのだ」

あの黒人兵の血だ、僕は慌ててシャツを脱ぎ捨て洗濯機のなかに投げ込んだ。明日、処分しなければならない。携帯を見るとふたつラインが入っている。

「君はあの場所にはいなかった」

クリスからだ。もうひとつはミキからだ。

「警察にはいかない。もう私のことは忘れて」

ミキのメールには、いつものような絵文字はひとつもなく、文字だけだった。まだ僕の気持ちは高ぶっており、手も震えている。でも、今夜、「僕は勇敢に戦い」、とにもかくにもミキを救ったのだ。でも、あの和彫りの若い米兵から押し売りされたダガーナイフがなければ、僕は奴らに殴り殺されるか刺し殺されていただろう。中学二年生の時のように、またナイフが僕を救ってくれたのだ。

しかし、このままですむわけにいかないのは、よくわかっていた。

「でも、悪いのは奴らだ！」

これまでの、沖縄での米兵の日本人女性への性暴行事件の数々が思い出された。僕の米国、米軍、米兵への憎悪は頂点に達していた。すでに人を刺した僕は犯罪者であり、逮捕されるまであまり時間がないだろう。突然、木村の穏やかだが、下から僕を見定める目が思い出された。

「鹿居君、君を見込んで頼みがある」

そうだ、僕は木村と北見から原子力空母「ロナルド・レーガン」爆破計画に勧誘されていたのだ。勉強会に数多く参加し「問題意識」に目覚めた僕の変化を木村は見逃さずに、少し前から、米軍への襲撃計画を僕に提示し、参加するよう執拗にせまってきていた。

「これはテロなどではないのです。誰も傷つけず、米軍艦船に少しだけ被害を与え、世間に米軍の横暴を訴えるという計画ですよ。爆破といっても小さな花火を投げ込むだけですよ。グリーンピースが行っているような示威行動ですよ」

そして襲撃目標にあげられたのが米軍の象徴的存在、原子力空母「ロナルド・レーガン」であった。木村たちの主張はある程度理解できたが、とてもそんな大それたことは僕にできるはずがなかった。僕は彼らの申し出を即座に断っていた。彼らも、それからは僕を誘うこともなかった。しかし今晩の事件で、ミキが米兵に強姦されたことで、僕の決心は固まった。

「僕は『ロナルド・レーガン』を爆破する！」

僕はいいようのない満足感と高揚感につつまれ、疲れ切った心と身体は深い眠りについた。

＊

「君はまたナイフを使ったんだね」

猫のカントは眠りに落ちようとしている僕の耳元でささやく。

「でも、君は勇敢に戦ったよ。僕なら逃げていたね」

「君は逃げないよ、カント。そんなことは僕にはわかっている」

「動体視力のよい僕でもクリスの動きは見えなかった。でも、あの二人の男よりも、僕はクリスの表情のほうが怖かったよ」

カントはまだ何かしゃべっているが、眠りに落ちる僕にはもう何も聞こえない。

十一　嵐のあとに

事件の後、帰宅した僕はすぐに寝込んでしまった。眠りはすごく深かったようだが、それでも夜通し夢を見ていたようでもある。それも夢と現実の境界線のない、筋書きもない、できの悪い前衛劇のような夢だった。昼頃に目覚めたときは、本当に目覚めたかどうか自信はなかったが、僕のパジャマは汗でぐっしょりと濡れていて、手の平には拳を強く握りしめていたのか爪の跡がくっきりとついていた。

鉛のように重い身体を何とか起こし、ベッドから床に足をつく。関節すべてが、油の切れた蝶番のようにぎしぎしと軋んだ。黒人兵に蹴られた脇腹は真っ黒に内出血していた。トイレに行き小便をすると小水は茶褐色であった。慌てて洗面所で冷たい水で顔を洗う。マンションの貯水タンクは屋上に設置されているので、この季節には得てして生ぬるいのだが、いまの僕の火照った頬には、冷たく心地よかった。そして鏡の中の僕の顔は一晩で一気に老け込んだように見える。

部屋のカーテンを開けると初夏の日差しが眩しく射し込んだ。もう太陽は真上にあり、すでに正午すぎであることを僕は知る。

「まぶしい……」

昨晩の駐車場での光景が一瞬フラッシュバックしたが、僕は頭を振り無視しようとした。とにかく早く冷たいシャワーを浴びよう、いまはそれが僕の最大の望みだ。冷たいシャワーを頭から滝のように浴びると、多少気持ちが楽になった。僕の萎びたペニスはシャワーの滝の流れに左右に、流れの速い小川の藻のように、情けなく揺れている。浴室から出てタオルで体を拭いていると、洗濯機の中のシャツが否応なく目に入る。スカイブルーの青いシャツにどす黒く血が付着している。

「お気に入りだったのに」

自分の独り言のあまりの空虚さに、僕は軽く舌打ちする。

居間に戻りソファに座り、窓の外の夏の白い雲を見る。


「そうだ。あの事件はどうなったのだろう、ミキは警察沙汰にはしないといっていたが、あの黒人兵はどうなったのだろう」

新聞をとっていない僕はテレビをつけ、チャンネルをめちゃくちゃにまわし、ニュース番組を見るが、昨晩の事件は報道されてない。今度は慌ててネットのニュースを見ると大きく報道されている事件があった。

「汐入でまた猟奇殺人事件、米国人民間人二人惨殺される。これで先月からの犠牲者は五人となり、同一犯の連続犯行も視野にいれて、警察は捜査している。今回は米軍基地外の事件とあって、市民はさらに恐怖に慄いています」

「えっ、二人惨殺？　米兵でない？」

記事によると二人は両腕、両足をもがれており、黒人の男は頭をももがれていたそうだ。文字通り、切断されたのではなく、もがれていた。死体は駐車場のトラックの荷台に投げ込まれていたそうだ。一カ月前に起きた米兵三人の殺害方法は、手足・頭部を鋭利な刃物で切断されていた。微妙に殺害手口は異なっているのが奇妙ではあった。今回は米国籍の民間人という違いもあるが、その異様な手口から、捜査当局は犯人像を複数犯とし、どうやって今回は手足をもぎとったかの凶器の特定、殺害方法を検証しているようだ。

「クリス、クリスが連続殺人事件の犯人なのか？」

僕の全身はぶるぶる震え、顎ががくがくした。あの優しいクリスがなぜ？　僕を守るためとはいえ、二人をバラバラにしたとは。そして決定的なことに僕は気づく。今日は事件の翌日ではなく、二日後だった！　僕は二昼夜も眠っていたのか！

混乱した僕は何をしたらいいのか、そうだ、まずクリスに電話しなければ。クリスがあんなことをするわけがない。きっと後からクリス以外の真犯人たちが彼らを襲ったのだろう。

三回目の電話でクリスはでた。

「よく眠れたかい？」

クリスの声は穏やかで、今日の浦賀湾の穏やかな海のようだった。僕の矢継早の質問にも、クリスはただ黙って聞いている。

「昨日と今日の欠勤届は僕が出しておいたよ。ジュン、僕を信じて。明日、会おう。君はゆっくり休まなければ」

クリスの喋り方は日本語と英語を同時にしゃべっているように共鳴して聞こえるが、穏やかだった。クリスは逮捕されていないし、僕もされてない。

「僕たちはこの殺人事件には関係ないのだ」、無理やり僕は自分を納得させた。

少しほっとすると、突然の空腹感が僕を襲ってきた。もう午後の二時だ、カフェ「風の家」はまだ営業しているかな。カフェの開け放した窓からのコバルトの海を思い浮かべ、自分を鼓舞して僕はカフェ「風の家」に行くことにした。

バイクは心地よいエンジン音を響きわたらせ、軽い振動を股間に感じながら、いつもの道を走ったが、周りの景色は濃い茶色のサングラスをしているようにモノトーンに見えた。港のガレー船の錨をあげる音が響きわたり、青い空を背景にトンビたちが獲物を求めて旋回している。僕のヤマハＢＷはあたかもナビがついているように、勝手に僕をカフェまで案内してくれた。当然のことだが、こんな時間だから「風の家」には一台も車が停まっていなかった。「風の家」の営業時間は午前十一時半から午後二時まで、午後五時から八時までであった。いつものように、駐車場ではなく玄関先の階段下にバイクを停める。片足スタンドを起こし、バイクはだらしなく斜めに傾いた。赤と白に塗られたカウルは太陽光を眩しく反射していた。


「いらっしゃい、遅いわね」

いつものように愛ママの軽やかな声と笑顔が出迎えてくれた。今日の愛ママの姿は陽光に輝き、少女のような香りを漂わせていた。

「今日は休みなので、ちょっと寝坊してしまいました」

また僕は言い訳をしている。思い返せば、僕の人生は言い訳ばかりであった。やれ逆上がりができない、テストの点数が悪い、志望大学に入れない、就職に悪戦苦闘する、彼女ができない、仕事の覚えが悪い、数え上げればきりがない。それが僕の人生であり、これからもそうであろうと諦めを感じている。

「まだいいですか？　できるものでいいからお願い」

「純くんなら断れないでしょ、どうぞ貸し切りよ」

愛ママの語尾が曖昧なしゃべり方は僕を誤解させる、いや僕だけでなく常連さん皆が、「ママは俺に気があるな」と思っているに違いない。愛ママは基地の殺人事件については何も聞いてこない。それはママの僕への優しい気づかいなのだろう。

海が眼前に見えるいつものカウンター席に座り海を見やると、千葉の海岸がことのほか今日は近くに感じる。入り江のなかでは飽きもせず海鵜が何回も潜水を繰り返している。そし開け放たれた窓からは、海風が狡猾に、店のなかを偵察するように吹き込んでくる。

「はい、どうぞ」

しばらく待つと、テーブルに僕の大好物のサザエのガーリックパスタが置かれた。心なしかいつもより大盛で、焼きウニも添えられている。僕は野良犬がたまに食事にありついたかのように、がつがつとかき込んだ。食べている間は汐入での出来事はまったく頭に浮かばなかった。浮かばなかったというよりは、正確にいうと僕はあの晩の記憶を意図的に封印していた。パスタの最後の一本まできれいに平らげると、イタリアンカラーの皿の絵柄の全体像が浮き出てきた。まるでゴッホのひまわりのような彩色であった。ごつい一枚板のテーブルと派手な彩りのお皿は、ことのほかマッチしている。

「ごちそうさま」

お皿を返し、小さな音をたてて紅茶をすする。あまり大きな音を立てると海鵜に気づかれそうだからだ。

「俺は何度も潜ってやっと小魚を手に入れているのに、お前は簡単にご馳走にありついている」、そんな海鵜のやっかみの声を聞きたくなかったからだ。食事のあとに熱い紅茶をレモンだけで飲み、通り抜ける風を感じる、これが僕にとってここでのささやかな至福の時である。そうそう、愛ママとの短い会話も忘れてはいけない。

そろそろ帰らなければ悪いな、そう思い腰をあげかけた時、突然の雷鳴とともに大粒の雨が降り始めた。入り江の海鵜たちは、かんだかい鳴き声をあげ、漁をやめ一斉に飛び立ち雨宿りに向かった。

「大変、大変、いやー」

愛ママは叫びながら二階に駆け上がり僕を呼んだ。階段を駆け上がる愛ママの右足裏の深い傷が目に入った。かなり古い傷のようであるが、なにか愛ママの過去の秘密を見てしまったようで、僕はあわてて目をそらした。

「純くん、洗濯物とりこんで、私はお布団をいれなきゃ」

雨はそれこそバケツをひっくり返したように激しく降ってきた。「風の家」の二階はママの住居になっており、もちろん僕は今まで二階にあがったことはなかった。ママの強引な要請に、また豪雨という非常事態に、逡巡することなく素早く僕はその禁断の螺旋階段を上った。階段の螺旋をまわるとすこしめまいを感じ、心臓の鼓動も心なしか速くなったが、一昨晩の疲れだろう、と自分に言い聞かせた。

「あーあ」

結局、洗濯物の大半はびしょぬれになり、また洗濯が必要となってしまった。かろうじて布団だけは少し濡れただけの被害ですんだ。二階のベランダに面したリビングの少しささくれだった床に、愛ママと僕は座り込み、突然の豪雨にしばらく言葉を失った。生木を貼った素朴な床は、ざらざらとしており、なかなかいい感触だった。

「あっ、見て」

愛ママが指さす窓の外を見ると、さっきまでの豪雨が嘘のようにあがり、ベイブリッジ方面の空に、大きな虹が現れていた。その虹は僕が今まで見たこともないように大きくまた、色も鮮やかだった。二人並んでこんな美しくもはかない虹を見ていると、また愛ママとの距離が縮まったような気がする。

「二階は初めてよね、ちらかっているから恥ずかしいわ」

そう言われて部屋を改めて見回したが、僕の感性からいうと全然ちらかってなどなかった。

「ごめんなさいね、純くんまでビショビショになってしまったわね、いまタオルをもってくるわ。そこに座っていて、シャツは脱いで」

上半身濡れネズミになった僕は言われるままにダイニングの椅子に、ちょこんと腰かけた。愛ママに手渡された黄色い格子柄のタオルは新しくふわふわで、濡れた肌に直接はおると心地よかった。見ないようにしたが、愛ママの白いブラウスは濡れて透けてしまい、薄いピンクのブラジャーが見えた。裸の上半身に巻いたタオルの下で、僕の乳首は固く勃起し、まるで何かのスイッチのボタンのようであった。

「私、着替えてくるわ」

僕の視線に気づいたのか、気づかなかったのか、僕は床に視線を落とし不安になる。


愛ママが別室に着替えに行っているあいだ、僕は上目づかいに部屋を観察した。見てはいけないものをみるようで、どきどきする。どうやら二階は2ＬＤＫの間取りのようである。僕のいるのはＬＤＫであり、床はグレー、壁は少し黄色がかった白色の漆喰塗りであのだった。ダイニングテーブルと椅子は古い角材をそのまま太いボルトでつなぎ、組み上げたものだった。その武骨さは海辺の家らしく、好ましいものだ。おそらく手製のようである。椅子は二脚しかないのは、一人住まいだから当然だろう。

「この椅子に僕が最初に座った男ならいいのにな」

たわいのない妄想に僕は頬をすこし赤らめる。ママは五十歳を少しこえていると聞いている。テーブルのすぐ横の漆喰壁の、ちょうど僕の視線の高さに古びた写真が数枚貼ってある。一枚は昭和、それも戦後まもないころと思われる白黒写真である。白いバスというか片側が開いた移動販売車のような中型のバスの前に、五人のエプロンをつけた若い女性たちが並び微笑んでいる。バスの上部には「栄養改善車　財団法人日本食生活協会」と書かれている。画鋲で無造作に壁にとめられた写真はすこし斜めに傾き、周辺もかすかに黄ばんできている。

もう一枚の写真は何かレストランの設計図の写真のようであり、図面の標題には「アイヌの家　レラ・チセ」と書かれている。やはりこの写真も古くかなり皺がよっていた。その横にはそのレストランの開店記事だろうか、黄ばんだ新聞の切り抜きもピン留めされている。


「ふふ、何を見ているの」

いたずらをみつかった子どものように驚いて僕は振り向くと、海というよりは湖の青に近い色のワンピースに着替えた愛ママが立っていた。

「この写真は何ですか、愛ママはこの五人のなかにいるのですか」

僕はバスの前に立つ女性たちを指さした。

「いるわよ、このなかの誰だか当ててみて。これは『キッチンカー』といい、ガスレンジ、調理台、流し、冷蔵庫などが設置されていたのよ」

「戦後の炊き出し？　それとも、移動販売車かな？」

「まあ、似たようでだいぶ違うわ。戦後の食糧難のなか小麦と大豆によるバランスのとれた献立をつくり、実際に実演して、調理後は見学者に食べてもらったのよ」

「ふーん、で、愛ママはどこ？」

「純くん、いいこと、ここ二階では愛ママと呼ばないで。愛さんと呼んで、これは命令よ」

もちろん僕に異存があるはずがない。「愛さん」、そっとつぶやくと、ママいや愛さんとの距離がぐっと近くなったような気がし、おそらく僕の顔は恥ずかしいくらいに、にやけただらしないものだったろう。

「濡れて冷えたから、熱い紅茶を入れるわ」

僕の質問には答えず、愛さんはキッチンに消えた。

答えがなくても僕にはわかった。写真の五人の若い女性の一番右側の女性だ、ひときわほかの四人より背が高く、日本人にしては彫の深い顔立ちで、笑顔だが目元は今と同じで涼しげというか、淋しげであった。

僕は紅茶党だ、そのことは愛さんもよく知っている。アールグレイ、ダージリン、ウバ、キーマン、アッサムなどの銘柄には特にこだわりはない。ただセイロン紅茶という呼称が、遠いスリランカの地を思い描けるので、僕は好きだ。コーヒー自体はうまいと思うが、僕はすぐ下痢をしてしまうので飲まないことにしている。

時間はもう三時すぎごろだろうか、愛さんと二人で、こぢんまりとしたテーブルで紅茶を飲む。愛さんが入れてくれた紅茶にはレモンは入ってないが、何かハーブのような香りがした。その香りはどこか懐かしくもあったが、僕を迷宮に誘うような初めての香りであった。窓からのぞきこむトンビたちよ、僕たちはどう見えるかい？　恋人か夫婦、いや親子に見えるのだろうか。

「日本中、都会から町、田舎までこのキッチンカーで回ったのよ」

壁の写真を見ながら愛さんは頬杖をついて昔話を語る、僕に語るというより自分の記憶を呼び起こしているようなしゃべり方である。昭和三十一年ころのキッチンカーでの愛さんは二十歳くらいに見える、今から何十年前のことだろう。一昨日の疲れと、心地よい紅茶の香りでぼやけた僕の頭は、過ぎ去った年数を計算できない。

突然の豪雨の後のベイブリッジ方面にかかった美しい虹は、もうはかなく消え、青空に夏の白い大きな雲が湧き出ている。

「虹の下にいる君は、虹をみることはできない。遠くにいる人だけが虹を見ることができるのだよ」

モックくんの絶望の言葉が突然よみがえる。

とめどなく、終わりのない音楽のように愛さんはキッチンカー活動時代の思い出話を語り、僕はじゃまをせず、ただ黙って聞く。愛さんの抑揚を抑えた声と吐息をＢＧＭに、僕はいつしか眠りにつく、しあわせに眠りについた。

「僕はどこにいるのか?」

窓から差し込む月明かりで僕は目覚めた。悪夢のようなあの夜の事件が嘘のように、いまは身体が軽い。蹴られた脇腹も痣になってはいるが、痛みはそれほどでもなくなっていた。目覚めたといっても本当に目覚めているのか、僕は不安を感じた。まだ眠っており、これは夢のなかかもしれない。小さな簡素なベッドに僕は横たわり、カーテンの開いた窓からは、心地よい夜の海風がそよいでくる。明かりに惹きつけられる蛾のように、僕はベランダに出て立ちつくす。そしてベランダの白い木製の頑丈なデッキチェアに僕は吸い込まれるように座った。これも手作りであろうデッキチェアは思ったより頑丈で、軋むこともなく、僕を包みこんでくれた。二階から見る入り江の景色は、いつも一階の窓から見るものとはまったく違った。入り江はハート型をしており、蛸の養殖網がまるでネックレスのように見える。たった一階上にあがっただけでこんなに見える景色は違うのだ。僕の住むマンションの四階と最上階の二十四階では、まったく景色は異なって見えるのだろう。

しばらく入り江の海面に映る月明かりの揺らめきと、頬に触れる夜風に身を委ねてみた。すると衣擦れの音がして、背後に人の気配を僕は感じた。そして夜風よりも優しく、僕の頬に冷たい手が触れた。

「愛さん？」

頬の手はしゃべろうとする僕の口を人差し指で閉じ、手のひらは目を覆い、閉じさせた。

かすかな吐息が僕の首筋をざわめかせ、裸の僕の背に柔らかな胸が触れた。乳房は最初はかすかに触れ、しだいに強く僕の肩甲骨あたりに押しつけられた。弾力のある乳房は温かく、僕の反応を探るように脈うっている。目をつぶらされた僕の皮膚感覚は研ぎ澄まされている。強い神経毒を盛られたように、僕の身体は身動きひとつできなかった。つんとした乳首が僕の背を、僕の背の感覚点をさがすレーダーのように移動する。

「アイというのはアイヌ語で矢を意味するのよ。だから本当の名前は漢字の愛ではなく、片仮名の『アイ』なのよ」

僕は返事ができない、なぜ突然アイヌ語の話になるのかわからなかったが、そんなことはどうでもよかった。アイさんはそっと僕の前にまわりこみ、大きく足を開き、僕の上に浮き上がった。それは少女が軽々と白馬にまたがるように軽やかで自然であった。決して重くはなかったが、確かに女性の柔らかい弾力と温かさを僕は全身に感じた。いつのまにかアイさんは絹のような軽やかな服を脱ぎ、形のよい乳房が僕の唇に触れた。アイさんの身体は少女のようにしなやかで、弾力があった。この人はアイさんなのか、キッチンカーの写真のなかの若いアイさんなのか、それとも別の誰かなのだろうか？

「君はじっとしているのよ、これも命令よ」

あの夜の、僕の研ぎ澄まされたナイフが黒人男の身体に吸い込まれた感触を、僕はなまめかしく思いだし、さらに僕は興奮する。

「突くんだ、突くんだ、ナイフの柄まで深く、そして捻れ」

アイさんは僕の上でただじっとしている。僕たち二人は重なりあいながら、ただじっとして、淡い月の光と波の音と、海風のそよぎに黙って身をまかす。どのくらい長い時間がたっただろうか、静かにアイさんは動き始めた。海の波動にあわせるようにリズミカルに動き、世界の波動に身体と心を委ねているようだった。


僕の上にいる女性ははたしてアイさんなのか、僕はまた不安になり目を開けたい衝動にかられるが、命令だ、開けてはだめだ。一度でも目を開ければ、この夢は覚め、アイさんは永遠に消えてしまう予感がした。月明かりに、またたく星々、リズミカルな波の音、心地よい夜風、僕たちがどのくらいのあいだ自然と一体になってそうしていたのだろう。それは一時間かまたは本当は一瞬だったのかもしれない。

甲高い海鵜の鳴き声がし、アイさんは僕から身体をはなし深い息をした。アイさんと僕の身体をつないだ細い光はすっと伸び、細くなりやがて切れ、僕は椅子に沈み込む、深く、深く地底の底まで。

アイさんは風のように僕のわきを通り部屋に、そのまま消えていった。僕は心地よい疲れに身を委ね、また眠りに落ちようとしていた。そうだ、僕はまた、しあわせに眠りにつくのだ。

十二　早すぎる犯人特定

汐入の事件から三日目の朝、僕はいつものように早めに基地に出勤し、いつものように仕事についた。殺されたゴードン軍曹の代わりの班長としてトラウト軍曹という黒人兵が配属されていた。がさつだったゴードン軍曹と異なり、トラウト軍曹は感情をほとんど出さないサラリーマンのような男だった。それでも的確に僕たちに指示をだし、皆は従順に彼に従っている。基地の兵士たちは、米兵三人、米国人二人という連続猟奇殺人事件に怯え、落ち着きがなかった。当分は夜の外出禁止令が発令されており、基地の正面ゲートにはいまだにマスコミの車が殺到し、リポーターがテレビカメラに向かって喋りまくっている。この猟奇事件はほかに大きな事件もないなか、マスコミにとって「おいしい餌」であった。警察、米軍、自衛隊が合同捜査をしているが、いまのところ犯人たちの目星もついていないようだ。ただ、殺された米兵三人がいわゆる札付きの悪（ワル）であり、過去に暴力事件や、薬物事件を起こしていることから、不良米兵グループの内紛、あるいは米軍基地に反対する過激集団、市民ポリスの犯行ではないかというのが、市民やマスコミの見立てであった。また、基地外で殺された米国籍一般人二人も、やはり元軍人であり、長い傭兵時代を経て、今は都内の警備会社に在籍していた。彼らはいわゆる外国人要人のボディガードとして働いていたようだ。

「警備会社の人間がなぜ汐入までできて、強姦をするんだ？」

僕の疑問はつきない。

「やあ、よく休めたかい」

クリスは穏やかに、いつものように僕に話しかける。僕が答える前に眩しそうに空を見上げて言う。今日見るクリスは、僕の好きなクリス、静かな優しいクリスだった。

「今日、仕事の後に話をしないかい、大事な話を」

クリスは『大事な』と発音する時、ほのかに頬を赤らめた。それは初めて少女に恋心を打ち明ける少年のようだった。

僕たちがこそこそ話しているのを、トラウト軍曹はじっと見ている。が、何も言わない。それから僕とクリスはお互いを避けたわけではないが、仕事が定時に終わるまで一言も会話しなかった。

「こっちだよ」

保管庫の出退電子カードを通しながら、クリスは僕を呼んだ。クリスたちアメリカ兵は外出禁止だから、外には出られない、基地内のどこに行くのだろう？

クリスは作戦本部室の一部屋に僕を案内した。もちろん僕はこの重要建造物には近づいたこともなかった。

「入りたまえ。ここは防音室で、盗聴もされない」

何と、そこにはジーク少佐が待ち構えていて、背の高い椅子に背筋をのばして座っているではないか。小柄な身体のせいか、椅子がやけに大きく見える。しかし、情報将校の制服姿は凛々しかった。

「どういうことなの」

声に出さずに、不安になった僕はクリスを振り返る。

「まあ、座りたまえ」

クリスと僕はジーク少佐の指示に従い、彼の前に並んで座る。明らかに、クリスはもとより、ジーク少佐も固い表情をしている。


「民間米国人二人を殺したのは、クリスだよ」

ジーク少佐は名探偵が最後に犯人当てをするセリフを、いきなり僕にぶつける。そして僕の反応を探るように観察している。

「おいおい、これは推理小説であったら約束破りだろう」、僕は言葉を失った。ジーク少佐の金色の肩章がやたら眩しい。

「君だって本当はわかっていたのだろう？　この半年のクリスの変化を君が、いちばんの友達の君が見逃すわけはない」

僕の脳は自分の考えを、自分に都合の良い考えを必死に探す。しかし、真実はいつも僕の脳に隠されていたのだった。そうだ、そうだとも！　クリスのこの半年の異変について僕は気づいていたし、クリスも逆に僕の異変に気づいていたに違いない。

最近のクリスはゴキブリを何の躊躇もなく踏みつぶし、ネズミを壁に投げつけて殺すようになっていた。人との接触を極力避け、ただ一人で海を見ていた。あの優しいクリスは変わってしまったのだ。僕のすぐ横で静かに座っているクリスを、僕は愛おしく見やる。彼の心の変化にともない、彼の筋肉もまたさらに増大し、誰もが振り返るほどの異常な体形になっていた。

「ベルジャンブルーだよ。君は今、クリスのことをそう思ったのだろう」

ジーク少佐は、君のことは何でも知っているというように、僕にせまる。また激しい頭痛が僕を襲う。ジーク少佐は僕の「正体」を知っているのだろうか？　いや、僕でさえ自分が誰かも知らないのだ、僕は鹿居純一だ、僕は自分に言い聞かせる。

「ベルギーのマッチョな牛で、筋肉の発達を管理するたんぱく質（ミオスタチン）の突然変異によって発生した牛ですね」

自分でそう言って、なんでこんなことを僕は知っているのだろうと驚いた。おそらく、どこかでサブリミナル刺激をされたのだろう。そして僕はその筋肉隆々とした牛の写真を鮮明に覚えている。一体、僕の脳はどのように変容させられたのだろうか、僕のものではなくなった脳が勝手に語る。

「でも、ベルジャンブルーは長い間の突然変異で、人工的な遺伝子操作の産物ではないですよね」

「クリスは海上で、正確には船上で生まれたのだよ。人工受精卵に遺伝子操作、つまり『ゲノム編集』をして生まれたのがクリスなのだ。遺伝子操作農作物については、世間でもう周知されているよね。とても短時間では説明できないが、アメリカ軍はスーパーソルジャー、つまり超人兵士の開発に極秘裏にとりかかっており、この計画は『ドナ計画』と名付けられ、莫大な予算がついていた。一九九四年、クリスの生まれた年だが、この時にはすでに国際条約で人間への遺伝子操作、ゲノム編集は禁じられていたのだが、公海上ではその規約はあてはめられないという盲点を米軍が突いたのだ」

「船上？」

「病院船『ゼウス』で僕は生まれたのだ。いまその病院船『ゼウス』は横須賀港に停泊しているから、君も見たことがあるだろう。僕の仲間は十人いたよ」

クリスは衝撃の事実を、幼少期を懐かしむように静かに語った。さらにジーク少佐が驚きの事実を語り始めた。

「クリスたち十個の卵子は、ミオスタチンという筋肥大を抑制する遺伝子をゲノム編集によって破壊されたのだ。当時の技術ではまだ正確性に欠け、狙い通りの遺伝子デザインではない結果も多々生じ、それはオフターゲットと呼ばれており、致命的な欠陥だった。『マイティマウス』という漫画を君は知っているかな。空を飛び、怪力でスーパーマンのネズミ版だ。今はわが軍の空対空ミサイルMk4 FFARの愛称になっているが。彼ら米軍の狂気の研究チームは本気にマイティソルジャー、つまりスーパーソルジャーを造ろうとしていたのだ」

「それじゃ人体実験ではないですか。マイティソルジャーとスーパーソルジャーの違いは何ですか？」

「マイティソルジャーは肉体的に強い兵士のことであり、スーパーソルジャーはその上の概念で、知能などの卓越さをもった兵士のことだ。君の言うとおり人体実験だよ。生まれて半年で五人が死に、十五歳まで生存したのはたった二人だけだった」

「彼らは皆、クリスの兄弟ということですか？」

「そう。ファイブは（僕たちは番号で呼ばれていたのだが）、三歳で腹筋が割れ、十字懸垂ができ、研究者たちを喜ばせたよ」

「結局、成人して生き残ったのはクリスだけだった。クリスの肉体は見た通り、マイティソルジャーにふさわしいもので、肉体に限れば成功例といえる」

「肉体に限れば？」

「クリスには攻撃性がないのだ、ゼロなのだよ。生存本能もない。クリスは殴られても、殺されても何も反撃できないのだよ。そういう精神的な致命傷だけでなく、クリスの筋肉の増大に骨と結合する筋膜の強度が限界に達してきていて、クリスは疼痛緩和のために強力な鎮痛剤オキシコドンを手放せないのだ」

「では、クリスは今回の事件の犯人ではないですよね」

「そう、攻撃性のないクリスは犯人になりようがないはずだった。すべては監督官の私の責任だといえる。クリスの言動・行動は厳重に監視されていて、何か異変があればすぐわかるはずだった。私は部下にクリスの非攻撃性を、常にチェックさせていたのだ」


「なぜ、そんな極秘な情報を僕に打ち明けるのですか？」

「なぜ？　おかしなことを聞くね。君もすでに当事者だからだよ。クリスと君は、同じ危険なテロ組織『キュクロプスの眼』にすでに絡み取られているからだ」

「『キュクロプスの眼』って何なのですか？　僕はそんなテロ集団と接触した覚えはありません」

「テロ組織『キュクロプスの眼』は、もともとは日本古来の美徳精神を取り戻し、日本固有の軍隊を整備し、アメリカの洗脳占領状況からの脱却を目指すものであった。三島由紀夫の『盾の会』を信奉し、その愛国精神にのっとった行動趣旨は多くの賛同者を集めた。しかし、現在はその崇高な精神からかけはなれ、過激テロ活動を行うようになってしまったのだ」

ジーク少佐は僕の心中を見透かすように、諭すように続ける。

「この半年で君が出会った人物を書き抜いてみたら、君にも真実がわかるだろう。木村、モックくん、北見、横溝、ヒロシ、そしてミキ」

僕は言葉を失った。

「ミキ？　ミキは強姦の被害者ですよ」

ジーク少佐は悲しそうに首を振った。

「ミキは君のトリガーポイントだよ。そう、君が中学生の時に惨殺されたあの野良猫と同じだ。ミキは君に差し向けられた猫だよ。あんな強姦事件はでっちあげで、すべて演技だよ。私たち情報部が極秘に配備してある監視カメラで確認したところ、ミキと米国人二人は君がくるのを待って、演技を始めていた。そして君にナイフを売った米兵も、もちろんグルだし、そもそも君はあの黒人を刺してはいない。彼は腹に大きな豚肉の塊をいれていて、豚の血袋をばらまいただけだった。その夜の彼らの不幸は偶然クリスが現れたことだといえる。どのみちクリスは彼らに殺人の罪をきせられて殺される手はずだったので、彼ら二人はこれ幸いと無謀にも攻撃性をもってしまったクリスを殺そうとしたのだ」

「奴らは虫けらだ。バラバラになって当然だ」

それまで黙っていたクリスが、唸るように声を絞り出した。

「君は彼らに依頼された原子力空母『ロナルド・レーガン』爆破計画を断っていたよね。木村は君に決断させるために、君に人殺しをしたと思い込ませ、自暴自棄になるよう仕向けたのだ」

「爆破？　何を言っているのですか？　僕は小さな花火を抗議の象徴としてあげるだけと聞いていましたが？」

「C4という花火だよ」

ジーク少佐の言うことは頭では理解できたが、ミキのことだけは信じられない。僕の理想的な女性像であり、あの猿島、軍港めぐり、ヴェルニー公園、あの日のデートのすべてが演技だったのか？

「アイさんは？　アイさんもそのテロ組織の一味なのですか？」

僕はアイさんとの抱擁を思い出しながら聞く。この世界中にアンテナを張り巡らしている情報将校は、アイさんと僕のただならぬ関係も知っているのだろうか。

「彼女は違うよ。これは間違いない」

ジーク少佐はさらに何かを言いたげだったが口を閉ざして、そっと僕の目を覗き込み別の質問を僕にぶつけた。

「君には誰か相談者がいるね。君の行動、言動を調査していると、必ず君にはもう一人の存在を感じるのだが」

「人ではなく猫です」

「はあ？　猫ってあのキャット？」

ジーク少佐とクリスは同時に同じことを聞いた。

「そうです。キャットです。でも春樹の小説に出てくるような猫ではありません。昨年、母が死に、後を追うように十八年一緒に住んでいたわが家の猫カントも死にました。小学校、中学校、高校、大学と、家に帰ると僕はカントに一日のことをすべて話していました。カントはもちろん人間の言葉などしゃべらず、ただじっと聞いているだけのただの猫でしたが」

「そして死後、カントは君の人格の一部となったのだね」

ジーク少佐は鋭い、実に鋭い洞察力をもっている。

「そうです、死後のカントは僕のなかで生き続けていて、言葉をしゃべるようになりました。カントは僕の目、耳、鼻、全身をつかって周囲を観察しています。そう、僕が体験したことをカントもすべて同じように体験しているわけですが、それは猫の視点からですが」

「いま現在も、ここにカント君はいるのかな？」

「いえ、カントは僕と二人の時しか現れません。現れるといってもカントの姿、形が実際に見えるわけではなく、カントは僕の頭のなかに現れしゃべりかけてきます。そして聞き役になってくれたり、猫の視点からしか見えないことを指摘し、アドバイスしてくれます」

「モックくんの君への構造面接、心理分析は、そこを見落としたのだな。カント君、オス猫だよね、カント君は君が気づかない周囲の異変に気がつき、君の暴走を止めようとしていたわけだ。そして、なかなか行動に踏み切れない君に焦った『キュプロクスの眼』の木村は、君のトリガーポイントを発火させるために、ミキに一芝居うたせたわけだ。結局、それが彼らの致命的ミスとなったのだ」

「クリスと僕はどうなるのですか？　僕は逮捕され、クリスは彼らに命を狙われるのではないですか？」

　誰が考えても、彼らが何らかの行動に出ることは自明だ。

「君は何も知らないふりをして、彼らの指示に従い爆弾テロを実行すればよい。君があの黒人を刺したと思い込み自暴自棄になっていると、彼らはまだ信じているはずだ。ただ、私の計画した爆破計画に変更するが」

　クリスがすこし身動きして、首をたれた。

「クリスは兵士として覚醒し攻撃性を持ったが、悪人と、敵と判断した標的しか攻撃しない。しかし、鹿居君、君を助けるためとはいえ、二人を殺してしまったのは事実だ」

「それでは、ゴードン軍曹と黒人兵二人は誰に殺されたのですか？」

「残念だが、そこが謎なのだ。私にもどうしても犯人がわからないのだ。君もこの犯人の捜査に協力してくれたまえ」

「僕はもうどうするか決めているよ、そしてジーク少佐も僕の決断を承認してくれた、全面的ではないけどね」

「クリス、君の本名は何だい？」

「クリスパー・キャスナインだよ、彼ら研究者が僕に与えた名前だけどね。子どものころはナンバー9、そして僕に施されたゲノム編集のツールは『CRISPR－Cas9（クリスパー・キャスナイン）』だ。ジーク少佐は……」

「今日はここまでだ。明日、君は木村と接触し爆弾テロを実行すると伝えてくれ。そして計画の概要を私に報告してくれたまえ」

ジーク少佐はすでにだいぶ前から木村の参謀本部、スナック「ロッキングストーン」の隠れ部屋（そんな部屋があることを僕はまったく知らなかったが）を探知し、監視を続けていた。盗聴、パソコンでのメール内容のハッキング、コピー機に残ったデータの解析、可能なあらゆる方法で『キュクロプスの眼』の活動を分析してきていた。

＊

「君は本当に原子力空母で花火をあげるつもりだったのかい？」

カントは今日も不機嫌だ。

「わからない。でも僕のことはもうどうでもいいよ。クリスが殺人犯だったなんて。嘘であってほしいし、事実としても正当防衛だよね。こんなに早く犯人がわかっては推理小説にもなりゃしない」

「それにしても米兵三人を殺した犯人をみつけなければ」

カントはそう言う僕の眼を不思議そうに覗き込み、僕はまた頭痛にさいなまされた。

「君は勉強会で覚醒したのではなく、洗脳されたのだよ。最初見た時は、僕はジーク少佐のことはあまり好きでなかったが、今は彼だけが頼りだよ」

カントの言う通りだ、僕にはジーク少佐とクリスと共闘するしか道は残されていないのだ。

十三　ペルソナ作戦

2019年6月某日
スナック「ロッキングストーン」の秘密会議室

「その後の状況について報告してくれるかね」

木村は事務的な冷たい声でモックくんに指示した。木村が構成員である民族独立運動組織『キュクロプスの眼』は、本来は一つ眼の「天目一箇神（アメノマヒトツノカミ）」という日本神話に登場する製鉄と鍛冶の神を信奉する宗教団体であったが、いつしか政治色が強くなり、また諸外国の信奉者も増えたことにより、ギリシャ神話の単眼の巨人「キュクロプス」を象徴とした『キュクロプスの眼』という過激な組織に分派した。そして組織のシンボルマークは三角形の中に眼が描かれたもので、これはキリスト教において「プロビデンスの目」と呼ばれるもので、「神の全能の目」を意味している。木村はこの十畳ほどの会議室を自分では「キュクロプス」の参謀本部と呼んでいるが、彼の自負するとおり装備はなかなかなものである。コンピュータ、印刷機、無線機器、その他、電子機器に囲まれている。鍵がかかったロッカーには、モックくんには見せないが、各種武器や爆発物が格納されているようだ。スナック「ロッキングストーン」の小上がりの横が隠し扉だ。隠し扉を開けると、くすんだスナックとは別世界の白壁に囲まれた近代的なこの参謀本部がある。

「おおむね本計画は順調に進んでおります」

いつものモックくんの口調とはまったく異なり、歯切れのよい軍人調の話し方である。

「本計画が実行に移されてから二年になりますが、当店に来店した客のなかで、面接を行ったのは男女あわせて五十人ほどになります。そのうち最有力候補を8人に絞ることができました。この8人を被検体として――」

「今日は本部から管理官降旗氏がいらしているので、概要をプロジェクターで改めて説明してくれたまえ。もちろん管理官はすでに、これまでの計画書・報告書には目を通されているが」

モックくんは言われるままに、慣れた手つきでホワイトボードにパソコンの画面を投影し、管理官の精悍な顔を見やった。

「こいつは感情が読み取れないな、爬虫類の類だな」

小柄な管理官はてかてかとした生地のスーツを上品に着こなしているが、彼の細い舌をみてモックくんの背筋はぞくっとした。ホワイトボードの文書にポインターを当て説明を始めると、管理官の眼は昆虫を追うとかげのように、不気味に輝いた。

＊＊＊＊＊＊

ペルソナ作戦　Operation Persona

本作戦は、複数の心理テスト・面接を多くの被検者に行うことによって、我が団体の趣旨に賛同して、与えられた任務を完璧な忠誠心をもって遂行できる人材をリクルートすることを目的としている。

候補者を選ぶための心理テストは、先端精神医学研究所の吉田正明教授の研究室が新たに開発した「SCIP‐D‐β（通称スキップ）: the structured clinical interview」を使用する。同テストは既存の複数の心理テストのスキームを取り込みながら、さらに実践的・立体的（対話的）に進化させたものである。従来のテストは、面接者が被検者に紙媒体で記入させたり、直接口頭で質問するものであったので、被検者の作為や本質を見抜けない欠陥があった。これに対し、「スキップ」は被検者に検査されていることすら気づかれずに、複数回、長時間にかけて面接者がヒアリングできるのが最大の利点であり、比類ない判定結果の正確性・精度を保証している。「ステルス・インタビュー」ともいわれている。

本作戦では、面接会場を「スナック ロッキングストーン」、面接者を「モックこと江波」とした。江波面接官は吉田教授の弟子であり、このテストの開発にもかかわり、適任者である。実際の面接開始にむけて、江波面接官は六カ月の研修・実践訓練を受け、現在はモックという仮想の人格になりきり、任務にあたっている。また、スナックという環境により、アルコールによるリラックス効果も期待でき、さらには各種薬物（いわゆる違法薬物も含めて）の投与により、より被検者のパーソナリティを詳細に判定できるものと考えられる。

主なパーソナリティ障害としては以下のものがある。被験者からこれらの障害をいかにして見つけ出すかが肝要である。

・回避性パーソナリティ障害
・依存性パーソナリティ障害
・強迫性パーソナリティ障害
・猜疑性パーソナリティ障害
・統合失調型パーソナリティ障害
・シゾイドパーソナリティ障害
・演技性パーソナリティ障害
・自己愛性パーソナリティ障害

・境界性パーソナリティ障害
・反社会性パーソナリティ障害

＊＊＊＊＊＊

「概要はよくわかった。それで、スキップによって選ばれた対象者に対して洗脳教育を行うわけだね」

「はい、ただ、終戦後にアメリカが日本人に行ってきた戦略的洗脳WGIP（ウオー・ギルト・インフォメーション・プログラム）から解くという意味合いから、われわれは『洗脳』ではなく『覚醒』と位置付けていますが。そして、過去にアメリカのCIAが行ってきた洗脳実験『MKウルトラ計画』は結果的に失敗といえるものでしたが、我々は先端精神医学研究所の開発した洗脳プログラム『サブマリンU』を検証実験した結果、満足のいく、いや期待以上の効果が認められました」

木村は饒舌に語り、得意げに対象者の被験データを提示した。

「サブリミナル効果については理解しているが、パーソナリティテストにより効果が期待できる被験者を選んだことが、大きいようだな」

降旗管理官は細い舌で唇を舐めながら、続けた。

「使えそうなのは何人だ？」

「三人です。この三人の対象者には、すでに第Ⅲフェーズまでサブリミナル刺激を与え、ほぼ覚醒させてあります。ちなみに、まず第Ⅰフェーズの刺激は視覚的刺激であり、このスナックでのテレビ映像、および対象者宅の録画ビデオにメッセージを埋め込みました。第Ⅱフェーズは睡眠時刺激であり、薬剤によるレム睡眠下での聴覚刺激を行いました。そして第Ⅲフェーズですが、構造化面接で得た対象者個人こじんのパーソナリティ障害に合わせて、綿密にシナリオを作成しました。いわゆる触覚刺激です。構造化面接の優れたところは、例えば、自白のための拷問などは必要ありません。構造化面接により対象者の恐怖点を把握すれば、対象者はすぐ吐きます。トンネル、列車、水、火、昆虫、鏡、針、ピエロ、こんな物と思うものが恐怖点である場合が多いのです」

「報告書によると一人異質な対象者をみつけたそうだが？」

「はい、対象者Aですが、米軍の海兵隊員なのですが、こいつは使えますよ。例のドナ計画の被験者の生き残りです。ドナ、つまりＤＮＡ操作計画の対象者であり、いまではある意味、後遺症と副作用で精神的には廃人に近いですが」

「ドナ計画の中心研究だった超人兵士マイティソルジャーの生き残りはいないと聞いてい

たが、本当ならすごいことだな。ゲノム編集のどの段階の被験者かな？」

「第三世代のCRISPR/CAS9です。ミオスタチンという筋肥大を抑制する遺伝子をゲノム編集によって破壊された、マイティソルジャーです。ただ、筋肉のみ肥大し、骨と筋肉を結合させる筋膜が耐えられず肉体が自己分断して、被験者全員が死亡したと報告されています。被験者Aは、もちろん、米軍の監視対象者として厳格に管理生活を送らされていますが、この横須賀基地に配属されてきました。日常的に強度な痛みを感じており、オキシコドンを処方されています。こいつは覚醒すると危険ですよ、米軍の治安攪乱要員とします」

「ほかの二人はどう使うのか」

「対象者Bは普通の会社員、横須賀タウン誌の編集長ですが、はっきり言って、ただのパラサイト、パラノイアです。この対象者は『自己愛性パーソナリティ障害』が顕著ですので、おだてれば何でもします。韓国への鉄砲玉として使い消去する予定です」

「もう一人は？」

「もう一人の対象者Cは、江波面接官が構造化面接をして一番興味をひかれた対象者であり、『回避性・依存性・境界性パーソナリティ障害』を合わせもっています。非常に繊細で正義感が強く、人への優しさもあります。この利点は諸刃の剣であり、サブマリンの閾値下刺激の誘導により破壊者・テロリストに容易に変貌します」

「ほう、面白くなりそうだな。それではその三人のスキップ面接評価報告書を後送してくれたまえ。報告書に目を通し問題がないようなら、ペルソナ作戦を実行する許可を与える。横須賀の関係事務所は、作戦実行後にすみやかに閉鎖すること、また、本日以降、本官と貴君たちはいかなる連絡も断ち、無関係とする。どうもハムどもが嗅ぎまわっているようだ」

『ハム』は法務省公安調査庁を指す隠語だが、奴らがもう嗅ぎつけて捜査しているのか。奴らは我々『キュクロプスの眼』のことを極右独立テロ集団とでも呼んでいるのだろうか、江波は自問した。

「いよいよか。だが対象者Cはなにか引っかかってしょうがない。報告はしてないが、構造化面接をかいくぐった隠れたパーソナリティがあるように思えてならない」

江波はいいようのない不安を感じたが、確信はなかった。

「スキップとサブマリンを信じるしかねーか」

江波はいつものモックくんの口調に戻り、自嘲した。

【スキップ面接評価報告書】簡易版

一．対象者A

名前：クリスパー・キャスナイン　男性　25歳　米国籍

職業：横須賀米軍基地勤務　サプライヤード所属　勤続2年

基地内の協力者の案内でスナック「ロッキングストーン」に来店。アルコールは飲まず、無類の乳酸菌嗜好あり。

■サブマリン施術経過

アルコールをまったく飲めないということで、催眠誘導薬を使用し、来店するたびに昏睡させ、睡眠学習・睡眠下洗脳をする。筋肉痛によるオキシコドン常習者ということで、薬剤の相乗作用によるものか、期待以上の効果が得られた。わずか二カ月で、皆無だった攻撃性もレベル5まで増強した。また、時折はLSDを投与し、封印されていた幼少期の記憶を解放した。クリスパー本人も自分が遺伝子操作によって産まれたデザイナーベビーであることは自覚しているが、十五歳から十八歳の間の記憶が欠落しているのは、前頭葉に何らかの侵襲的破壊を受けたものと推測される。ゲノム編集によりミオスタチンを阻害されたことにより、クリスパーは超人的な筋肉量を有しており、外見からは想像できないが体重は実に150キロもある。体脂肪が少ないのはもとより、いわゆる比重が高い鋼鉄のような肉体をしているといえる。体比重の高い黒人が水泳選手になりにくいように、クリスパーも水泳は不可能と考えられる。沈んでしまうためである。

依存性パーソナリティ障害：クリスパーたち、いわゆる試験管ベビーは病院船『ゼウス』の極秘研究室で産まれ、育てられた。ドナ計画の責任者はジャニス博士という女性であり、とても冷静・冷酷な研究者のようだ。また彼らデザイナーベビーには親代わりになる研究者がいたようである。カメリア博士とハポという女性だ。生まれたときから徹底的に管理された彼らには自ら決定するという経験も権限もない。他者への依存性が非常に高いので、信頼するものから指示・命令されれば忠実に従う。残念ながら、カメリア博士、ハポ女史の詳細、生死、顔写真は不明である。

反社会的パーソナリティ障害：本人は記憶してない（深層意識下ではもちろん記憶はある）が、レム睡眠下のインタビューで驚くべき事実が判明した。クリスパーたちマイティソルジャーデザイン固有にゲノム編集された被験者で、十五歳まで生存していたのは二人だけだったが、ある日のこと病院船で脳への電気閾値検査の際に被験者5の制御が効かなくなり、研究助手二人を殺害し、それもおもちゃの人形をバラバラにするような残虐な殺し方をした。被験者5は即座に警備兵により機関銃で射殺されたが、被験者9ことクリスパーが唯一残った兄弟を殺され暴走してしまったのだ。それまでクリスパーは精神的にも非常に安定しており、実験での優等生だった。クリスパーは機銃を奪い、発射した警備兵の頭を渾身の力で殴ったのだ。警備兵の頭はもぎとられ、実験室の壁に叩きつけられた。最後の被験体ということで、クリスパーは象をも倒すような麻酔銃で取り押さえられたようだ。その後、彼は何らかのロボトミー手術を施されたようだが、その詳細は知る由もない。

□攪乱計画（詳細計画書資料添付）

対象者がオキシコドン常習ということを利用する。基地内の金で雇った協力者二名にクリスパーを襲わせ薬を盗ませる。それもかなりの暴力を使って半殺しにしてもよいと命令してある。協力者二人は基地内の不良アメリカ兵だから、クリスパーが反撃できないことを知っている。オキシコドンが手に入り、大金ももらえ、さらには暴力をふるえるという条件に彼らは小躍りして喜んだ。我々に覚醒されたクリスパーは間違いなく反撃し、彼らを一瞬にして殺すだろう。さらに直属上司のゴードン軍曹もすでに取り込んである。ゴードン軍曹が納入業者からバックマージンを取っていることは調べがついている。脅迫と少しの金で伍長を操るのは簡単なことだった。「食糧庫でクリスパーを殺せ」と指令した。伍長も間違いなく返り討ちにあい殺されるだろう。しかも我々のパーソナリティ分析結果からすると、ひどく残忍な殺され方をするであろう。

二．対象者B

名前：横溝正則　男性　45歳

職業：横須賀タウン誌編集長　職歴5年　以前は弱小の風俗雑誌の記者

　無類の酒好きで、協力者北見氏が経営する店「ノブズ」より誘導される。

■サブマリン施術経過

　スナック「ロッキングストーン」にての誘導的動機付けを行い、嫌韓感情を極限まで増幅させた。まず、店内でのサブリミナル映像での刷り込み、勉強会での特権意識の育成、睡眠導入剤による睡眠下洗脳工作を実行。本人が泥酔し帰宅するところを、市内道路にて韓国人を装った協力者にかなりの暴行を加えさせた。

自己愛性パーソナリティ障害：それなりの大学を卒業したにもかかわらず、就職氷河期のため希望の会社に入れず、やむなく零細出版社で十七年も働いてきた。いちおう記者を標榜していたが、実際はパチンコ専門誌や風俗雑誌のライターとして、ぎりぎりの生活をしてきた。五年前に創刊された横須賀タウン誌の社員応募で職を得、上司の病死という彼にとっての幸運が重なり、編集長となった。自己顕示欲が強く、市内のあらゆるイベント、催しに顔を出し、知名度をあげてきた。尊大で傲慢な態度はまさしくこの障害の顕著な症状である。北見氏には深く傾倒し、北見氏主宰の勉強会には毎回参加し、自分の偏った思想への協調を他人に過度に求め、他者との共感性に著しく欠ける。

反社会的パーソナリティ障害：易怒性および攻撃性があり、良心の呵責の欠如もみられる。自分の思想・主義に固執し、目的のためには反社会的行動、犯罪的行動に走る傾向がある。実際にごく最近、京浜急行の数駅に侵入してハングル文字の案内表示に白ペンキスプレーを噴霧し逮捕されている。マスコミに大きく報道され、SNS上でヒーローとなったことで、自分は特別な人間と思い込んでいる。

□指令任務（詳細計画書は資料添付）

取材ということで病院船「ゼウス」に乗船させ、船内で今も行われているジャニス博士の極秘研究の概要をスパイさせる。

また、対象者横溝の嫌韓感情は、我々の意図をも超えるほど強烈である。来月、横溝を韓国に派遣し、日本人観光客に軽傷を負わせる手はずであり、もちろん横溝は韓国人を偽装し、韓国語で罵り、ハングルの日本非難のチラシを残すものである。この計画については、横溝は嬉々として受諾済である。そして、本人は知らないことだが、別に我が団体から掃除屋をひとり派遣させて横溝を殺害させる。「日本人観光客一人殺害、二人傷害される」という衝撃的ニュースが日本中のマスコミを飛び交うことだろう。これにより、この嫌韓時世に韓国を旅行しようという馬鹿な非国民は皆無になり、日韓断交への大きな一歩となろう。

三．対象者C

名前：鹿居純一　男性　２４歳

職業：横須賀米軍基地勤務　サプライヤード所属　勤続1年半

　ドブ板通りのバー「チェリー」の協力者ヒロシの情報により、木村所長自らが本店に誘導

■サブマリン施術経過

　当店に誘導後、構造化面接により詳細なパーソナリティ像を把握し解析できた。また、本人の趣味であるアメリカドラマの録画データを、サブリミナル画像を埋め込んだデータと入れ替え、反米意識を醸成させ、ほぼ憎悪レベルに達した。対象者の自宅テレビはインターネット回線と接続されていたのでハッキングは容易であった。さらに、インフラサウンド（人間の可聴域より低い周波数1mHz-100Hz）を睡眠時に流し、対象者の情緒不安を誘発させた。また、勉強会における啓蒙・洗脳工作で、サブリミナルデータの刷り込みを強化した。触覚閾値での刺激としては、協力者ミキを接触させ、対象者とのラポールをとらせることに成功した。

反社会的パーソナリティ障害：十四歳、中学二年時にいじめっ子集団のボスにナイフで反撃し軽傷を負わせる。基本的には内向的で非常におとなしく、粗暴性はない。ただ、トリガーポイントについての発火点閾値が低く、また、ナイフに強い依存心があり、ナイフを持つことにより攻撃性、過剰自信が増強される。

回避性パーソナリティ障害：他者からの批判、非難、拒絶に対する恐怖があり、対人関係において深い関係を築けない。また、親密な関係にあっても遠慮を示す。自分は社会的に不適切であり、人間として長所がない、他人より劣っていると思っている。母親及び愛猫の死が、本人の無力感、孤独感を増幅させたようである。

□指令任務（詳細計画書は添付資料）

原子力空母「ロナルド・レーガン」の破壊工作である。対象者の基地勤務および同空母に出入りできる環境を利用し、艦内食糧庫にＣ４爆弾を設置させる。鹿居本人にはただの花火と説明してある。我々の得た艦内見取り図では食糧庫の１ブロック下が原子力エンジン機関部である。全壊とはいかなくてもかなりのダメージを機関部に与えることが可能である。放射能流出という危機を煽り、世論を自国軍隊の増強という方向に誘導するためのプロパガンダ対策も重要である。課題点は、逡巡している対象者鹿居にいかに本計画の実行を受諾させるかであり、破壊工作へのさらなる動機付け強化策、およびトリガーポイントへの強烈な刺激を用意済である。

十四　病院船「ゼウス」

「ちょっとワクワクしますね」

　横溝氏が乗船タラップを踊るように登りながら、僕に振り向いた。

「しっかり取材してくださいね。取材許可を取るのは大変だったのですから」

　竹島女史が、遠足のようにはしゃぐ横溝氏をたしなめた。タウン誌編集長横溝氏の執拗な依頼に根負けした竹島女史の尽力により、病院船「ゼウス」の見学・取材が特別に許された。竹島女史、横溝氏、僕、倉沢レラ女史の四人は、先導する若い医務士官について船内に入った。

　乗船すると五十代くらいの白衣を着た米国人女性が迎えてくれた。

「ようこそ、ゼウスへ。私はジャニスです。この病院船の医療部門の責任者です。まず最初にお願いしておきますが、写真は許可された区域でのみお撮りください。また、私の写真は撮らないでください」

　ジャニス博士は竹島女史に頷き、横溝氏、倉沢女史、最後に僕の顔をじっとみて、説明を始めた。

「約四万五千トン、全長二百七十メートルで、もともとはタンカーでしたが、改装して病院船となりました。千床の病床があり、医療設備は、X線装置、CTなどすべて揃っており、もちろん外科中心の手術室もあります。医療スタッフは民間人中心に二千人が乗っています。はい、そうですね、この町の横須賀病院より大きく、設備も充実しています。平時のいまは、災害救助が主な仕事ですが、戦時には外科中心の野戦病院として機能します」

ジャニス博士は胸をはった。

「こちらが診察室、検査室、処置室、手術室となります」

とても船内とは思えない医療設備が完備しており、僕たちが目を見張った。

「こりゃ、大スクープですわ」

横溝氏は写真を撮りまくり、興奮している。彼のいうように、この病院船の取材許可がでたのは、今回が初めてであった。もちろん、艦内すべてが公開されているわけではなく、病院設備の限られたブロックだけが、僕たちが立ち入れる場所だった。

「竹島さんは、どちらで仕事されているのですか」

レラ女史も目を輝かせている。

「私は遺伝子解析が専門ですので、この一階下の研究施設で働いています。残念ですが、そこは一般人の立入禁止区域です」

この病院船でクリスが産まれ、かつては極秘の人体実験がされていたことを、僕はジーク少佐から聞いていたので複雑な心境だった。初めて見る船内だが、なぜか懐かしい気がした。クリスがこの病院船内を再び見たら、何を思うのだろう。

「ちょっと、トイレへ。私、トイレが近くて」

横溝氏は僕たちから離れていった。竹島女史、レラ女史は、船の揺れを気にせず繊細な手術ができるという、独立支点方式の手術室に夢中になっている。横溝氏の帰りが遅いので、僕は彼が行ったトイレに様子を見に行くことにした。またいつもの頭痛がしてきたので、僕もトイレで顔でも洗おう。

「すごいスクープですよ。やはり木村さんの予想通り、この船では極秘の研究がされているようです。これからさらに船内を探ってみます」

何を言っているのだ？　横溝氏は誰かに電話していた。

「しー」

僕に気づいた横溝氏は口に人差し指を当て、トイレの先の立入禁止区域に消えていった。禁止区域のドアには「Japan Unit」と書かれていた。

「知りませんよ、また逮捕されたって」

僕は横溝氏の記者魂に唖然とした。

「横溝さんは急用ができたそうで、先に下船しました」

さらに僕たちは船の指令室を見学したが、横溝氏は一向に戻ってこなかった。不審がる僕たちに、若い士官は笑みを浮かべて、そう伝えた。

「急用？」

この取材を楽しみにしていた横溝氏が慌てて下船する急用とは何か、皆目わからなかった。まあ、夜にスナック「ロッキングストーン」に飲みにくるだろう、その時になぜ僕たちを置いて帰ったのか文句の一つでも言おうと僕は思った。

そして、これが横溝氏の姿を見た最後となった。その日以降、彼は忽然と消えてしまったのだ。

＊

「椿教授です。私の所属する精神・心理分析学部の恩師です」

レラ女史が小鹿のように目をパチパチして、初老の教授を紹介してくれた。このＴ大学は総合大学で、すべての学部が揃っており、どの学部も国内でトップレベルの研究をしていた。

「よろしく。ここは診察室ではないのでリラックスしてください」

白髪で品のある椿教授は、僕をインタビュー室に招きいれてくれた。病院船を見学してから、僕の頭痛の頻度と程度はひどくなるばかりであった。なにか僕にはストレス因子があるのではと心配してくれたレラ女史が、椿教授の深層心理分析を受けるよう勧めてくれたのだ。インタビュー室は居心地の良い応接室のようで、腰が深々と沈み込むソファがあった。小さなテーブルをはさんで座った椿教授は、何事も射抜くような目をしていた。テーブルにはアイヌ木彫りであろうか熊の彫り物が飾ってある。

——ここから逃げなければ……

本能的に僕はすくんだ。

「なにか音楽をかけますか」

椿教授は銀色に輝くメトロノームのようなものを取り出した。

「スワロスキーのクリスタルベルです。電子時計の音楽などに使われており、心地よい周波数で脳のアルファ波を誘います」

心地よい音色が微かに部屋に流れだした。僕の脈拍は速くなり、手足がこわばった。どこかでこんな経験をしたことがある、それも、その経験は忌まわしい記憶として僕のなかにあった。

「このインタビューは録音されていますが、もちろん守秘義務は守られます」

僕は助けを求めるようにレラ女史をみやったが、彼女は冷静にボイスレコーダーを操作している。

「鹿居さん、君の一番古い記憶は何ですか？」

僕を頭痛が襲う。

「君の父上と妹さんは川崎の実家にお住まいだそうですね。最近、いつ実家に帰りましたか？」

さらなる激しい頭痛が僕を襲う。僕は自分の脳の中を覗きこみ、必死に教授の質問の答えを探す。

「自我というものができてからの一番古い記憶は、揺りかごに揺られていたことです。実家にはここ数年帰っていません」

そうだ、その調子だ、僕の記憶の引き出しはきちんと整理されている。引き出しが収まっているタンスを間違えなければよいのだ。

「ご家族の似顔絵を、この用紙に簡単に描いてください」

馬鹿な質問だ、これでも教授なのか。僕は差し出された鉛筆を手にとった。そして、僕は自分が家族の誰の顔をも描けないことを知った。

「猫のカント君は、最近不機嫌ではないですか？」

なんで教授はカントを知っているのだ？　椿教授の質問は僕をいらつかせた。そして僕は意識を失い、深い眠りについた。懐かしいメロディが子守歌のように感ぜられた。

十五　カウンター作戦

ジーク少佐は戦略立案の天才であった。

僕とクリスはジーク少佐に召集をかけられ、今日、また作戦本部の特別室にいる。ジーク少佐の真っ白なシャツの肩と袖の黒地に金の階級章が僕たちを緊張させる。僕は昨日、木村から渡された「ロナルド・レーガン爆破手順マニュアル」と花火の箱（実際はＣ４爆弾）、起爆装置と雷管を少佐にそのまま渡してある。Ｃ４爆弾は粘土状であり、オフホワイト色なので、大根のような形に整形して野菜のコンテナに簡単に混入できるようになっていた。

「テロの実行を防ぐのは非常に困難なことだ。テロの計画を事前に察知することが最重要なのだ」

ジーク少佐は手にしたＣ４爆弾をクリスに手渡して頷いた。

僕は、昨日の木村の狡猾なアプローチを思いだす。

「鹿居くん、君は殺人を犯したが、誰も君を責めはしない。君はひとりの女性を暴漢から救ったのだ。そして刺さなければ、君が殺されていただろう。いわゆる正当防衛だ。ただ、時期が悪かった、米軍基地で米兵が三人も殺された後だ」

キム爺は僕の肩に手を置き慰めようとするが、合気道の達人を前に僕は身動きひとつできなかった。ただ、ジーク少佐が僕に指示してくれたシナリオ通りに進めるのがやっとである。

「はい、米兵がいかに日本国民にとって悪であり、不当に日本に駐留する米軍も敵ということがよくわかりました。米軍の象徴ともいえる原子力空母『ロナルド・レーガン』に花火を発火させることで、横須賀市民、日本国民を覚醒させます。戦後の米軍による洗脳から、覚醒させせます」

「君は国士として英雄になります。小さな花火ですが、心理的効果は絶大です。そして人的被害などでません。被害を受けるのは米軍のプライドだけです。もちろん、君は軽犯罪法違反で警察に追われることになります。しかし、君の脱出計画、新しい人生計画も完璧にできていますので、心配しないでください」

木村は、新しい僕の身分証明書一式と貯金通帳、クレジットカードを、僕の手の中にもぐりこませた。すべて、並外れた分析力をもつジーク少佐の予想した展開通りであった。はたして、木村は僕を使い捨ての駒にせず、本当に新しい人生を与えてくれるのだろうか？いや、そんなはずはないだろう、おそらくすべての罪を僕に被せて、『キュクロプスの眼』はまた暗黒の闇に身を潜めるのだろう。

　木村から指示された爆破計画はいたって簡単なものであり、僕はいつものように基地に出勤し、木村の配下の野菜業者が持ち込んだ花火（4キロのC4爆弾）を『ロナルド・レーガン』の食糧庫に設置するだけである。確かに、生野菜のコンテナなど誰もチェックしないので、爆弾を隠すのに最適である。そして指定された脱出場所はヴェルニー公園の海沿いのウッドデッキの奥、大きなクスノキ前のベンチであった。そこで僕は木村と落ち合うことになっていた。そのベンチはミキとの初めてのデートで二人して夕陽を眺めたベンチであった。


「これを聞いて欲しい」

　ジーク少佐は小さなマイクのようなものを机の上に出し、スイッチを入れた。聞きなれたミキと木村の声が流れだした。精巧な超小型ＩＣレコーダーだった。

「ミキ、君は汐入駅近くのホテルハーパー前で二十時に私たちと落ち合う。そして空母が火だるまになるのを、国道脇の一等地から私たちは見学する」

「鹿居くんと公園で待ち合わせる予定だったのでは？」

「彼はもう救えない。クリスも抹殺しなければならない。二人を公園に呼び出す手配はしてある。クリスは鹿居くんのクローン携帯を使いメールで呼び出してある。そして米軍と警察にはもう連続殺人犯の二人が公園に集まると通報して、証拠も提示してある。米兵三人、米国人二人を殺したと信じている米軍は容赦しないだろう。武装していると思い、少しの動きでも十字砲火を浴びせるだろう」

「そんな！　約束が違います」

「鹿居くんは殉死、殉教者となるのだ。これ以上名誉なことはない」


ジーク少佐はICレコーダーを止めて、クリスと僕の顔を交互に見る。

「こういうことだ。犯罪テロ組織『キュクロプスの眼』、木村たちは、君たちをはめて、殺すつもりだ。すべての罪を君たちに被せて」

「この録音は誰がしたのですか？」

僕はある疑問をもってジーク少佐に尋ねた。

「ミキ本人だよ。われわれはスナック『ロッキングストーン』の隣の彼らの隠れ部屋を、作戦本部を突き止めることができ、すべての情報を入手していた。しかし、つい先日からだが、状況が変わってしまった。より神経質になった木村は隠れ部屋を完全防音工事し、盗聴防止対策も講じたので、情報を何も入手できなくなってしまった。そこで、君とミキのデート状況を徹底的に検証・分析して確信し、ミキと接触することにした」

やはりジーク少佐は僕のあらゆる行動を知っていたのだ。何を食べ、誰と会い、テレビはどの番組を見ているか、銀行口座情報も。怒りと怖れをこえて考えると、少佐の分析によるとミキの僕への感情、愛は嘘ではなかったことになる。クリスは、さきほどから床を見つめたまま、何も語らない。普段から無口なクリスだが、自分のつま先を見つめるクリスの目には、光がなかった。

「これから『キュクロプスの眼』木村への、私が立案したカウンター作戦を説明しよう。初めに言っておくが、これは命令である。拒否する選択肢は君たちにはない」

ジーク少佐はそう言い、壁一面に貼られた大きな海図をレーザーポインターで指し示して説明を始めた。

・C4爆弾は3つに分ける。5：3：2の比率で分ける。
・5の爆弾は病院船ゼウスの機関部に仕掛ける。この作業はこの船を知り尽くしたクリスが実行する。
・3の爆弾は木村の乗った車に仕掛ける。私の部下が実行する。
・2の爆弾はクリスが所持する。脱出時の目くらましのために使う。
・爆破順は　5→3→2の順番とする。
・5は私が起爆する。
・3と2はクリスが起爆装置を持つ。

「病院船『ゼウス』を爆破する？　なぜですか？」

　木村たちの車を爆破するのはわかるが、赤十字マークの付いた病院船を爆破することなど許されるはずがない。

「先日も少し話したが、あの病院船のなかでは悪魔の実験がされているのだ。クリスたち十人のデザイナーベビーで手痛い失敗をしたのに、また、悪魔の実験が再開されているのだ。大統領公認ということで、正攻法では止めようないのだ。これは私の個人的計画だ、米軍は関知していない。ただし、私の所属するファイブ・アイズからは極秘裏に承認されている」

　ジーク少佐の発言は衝撃であった。

「ファイブ・アイズ、五か国の諜報同盟のことですね」

　僕は自分が途方もない世界に足を踏み入れてしまったことを、あらためて知った。

「君とクリスはヴェルニー公園で死ぬのだ、いや死を偽装するのだ。君たちは水溶性の特殊作業服の下にウェットスーツを着こむ。スプリング型といい、半袖、半ズボンだからかさばらない。君たちが飛び込むウッドデッキのベンチの前の海底には小型酸素ボンベと水中スクーターが用意されている。水中最高速度は六・五キロメートル、最大潜水深度は二十メートル、バッテリー持続時間は最大四十分の性能がある。水中ライト機能もあるが、発見される恐れがあるので、今回は使えない。そして、この海図を見てくれたまえ。軍港には潜水艦対策で防御ネットが張り巡らされている。まずこのネットの配置図をよく覚えることだ。当日夜は満月だから、何とか防御ネットの隙間をすり抜けられるだろう。沖に出たら、この海流に乗り猿島右を通り走水へ、さらに観音崎への海流に乗る」

海図には詳細に湾内の防御ネットの配置と、海流の流れの向き・速度が描かれていた。対潜水艦用の防御ネットは手ごわそうだ。

僕は第二次世界大戦において日本人で「捕虜第一号」になった青年の話を思い出す。

第二次世界大戦の真珠湾攻撃には、特殊潜航艇の甲標的五隻が開いていた湾入り口の対潜水艦防御門から湾内に侵入し魚雷攻撃を行ったことはあまり知られていない。北見氏の主催する勉強会で軍事歴史研究家の講師は「史上初のハイブリッド潜水艇」とその技術力の高さを説明した。「甲標的」は全長二十三・九メートルで、鉛蓄電池と小型ディーゼルエンジンを装備し、浮上時二十三ノット（43km/h）、潜航時十九ノット（35km/h）の速度を誇っていた。乗員は二名、魚雷二本を発射できた。そして驚くべきことに、防潜網を切断する網切器を船首につけ、プロペラガードまである。真珠湾攻撃では戦果をあげながら五隻とも撃沈され、九名が死亡した。戦死した九名は「九軍神」として崇められたが、脱出し捕虜となった一名は戦時国際法に違反する拷問を受け、囚人として撮影された顔写真には顔面いたるところに煙草を押し付けられた火傷のあとがみられた。開戦時からアメリカは戦時国際法を無視してきており、それがいまのグアンタナモ捕虜収容所につながっていると講師は力説し、涙を流した。この「捕虜第一号」となった彼は一九九九年に日本で静かに息をひきとったそうだ。

ミキとのデートで僕は猿島航路も、軍港巡り航路もすでに航行している。そしてモーターボートでの釣行では、猿島から久里浜方面への潮流の速さを体感している。そして、釣り人が必ず知っておく「山ダテ」の方法も知っている。「山ダテ」とは船の上から二方向に、それぞれ前方と後方に2つの目標を立て、その重なりをみて現在地を知る方法である。目標としては、鉄塔、マンション、灯台、山など、あらゆる物が利用可能である。

「目標到達地点はどこですか?」

バシン!

ジーク少佐が手の平で叩いて示した場所は、鴨居漁港左の小さな湾だった。

「カフェ『凪の家』だ!」

僕はただ絶句する。

「君たちなら必ずできる。私の戦略立案能力を信じてくれたまえ」

病院船を爆破する、赤十字船を攻撃するのは国際法違反だ。だが、ジーク少佐とクリスは、病院船「ゼウス」は悪魔の船だという。それより、アイさんは僕たちが「風の家」に逃亡してくることを知っているのだろうか。わからないことばかりである。

それから、僕とクリスはジーク少佐から、さらに詳細な作戦内容をレクチャーされた。僕とクリスは脱出に成功したならば、ジーク少佐から新しい人生を与えられるそうだ。具体的にはＦＢＩの証人保護システムのようなものだそうだ。それなら僕も、アメリカのドラマで見て知っている。

「最後にこれは何かな、君とミキの間の何かの暗号かな」

少佐は再度ＩＣレコーダーのスイッチを入れた。

「ドンナ、ドンナ――」

猿島へのフェリーの上でミキがハミングしていた、市場に売られていく牛の歌だった。

ミキは死を覚悟していることを、僕は知る。

ミキが残した僕へのあどけない、悲しい音声の遺書だった。

十六　椿博士の報告書と日記

『戦後の日本の栄養改善運動の現状について』

01/02/1957

TO：厚生省栄養課長　○○○○殿

CC：農林政務次官　○○○○殿

FROM：東京帝国大学農学博士　椿孝雄

添付資料：キッチンカーの設計図および写真、製作費用明細書

アンケート結果の集計表およびグラフ

キッチンカーの訪問先リストおよび採用栄養士一覧

(1)　象徴としてのキッチンカーの出陣式

日産自動車に特別発注されていた八台のキッチンカーが完成し、昭和三十一年十月十日東京日比谷公園において、多くの関係者を集めて出陣式が執り行なわれた。バスの横には、貴殿の要望とおり「栄養改善車　財団法人・日本食生活協会」と書かれた大きな看板をつけ、若干の設計変更があったものの、付帯設備も満足のいく出来栄えであった。ガスレン

ジ、調理台、流し、冷蔵庫、食器棚、レコードプレイヤー、アンプ、放送装置、発電機と装備の充実は目をみはるものであった。
　一台四〇〇万円という巨大な製作費はアメリカ政府のＰＬ４８０法（余剰生産物処理法、後述）の適用資金から流用された。

⑵キッチンカーの現況
キッチンカー事業では、小麦と大豆を含むバランスのとれた献立を考え、日本の主婦たちに、どうしたら安くて栄養価の高い食事を作れるかを実技で説明し、調理後は試食をさせた。同時に、小麦・大豆の栄養価値と料理法を刷り込んだパンフレットを一〇〇万部配布し、さらには「粉食」をスローガンとするポスターも数千枚掲示し、庶民を啓蒙した。
　キッチンカーの担当者としては、すべて栄養士の資格をもつ女性たちを新規採用し、教育した。彼女らは期待どおりの働きをし、およそ5万人の参加者にアンケートした結果、キッチンカーの講習について９６％がためになったと答え、９２％が自宅の食事に利用したいと答えた。好評を受けて現在十二台のキッチンカーが全国津々浦々にて活動をしている。

⑶ＰＬ４８０法
ご周知のように、米国が朝鮮戦争終結後の自国の余剰農産物を発展途上国に輸出するた

めに制定された法律であり、通称「余剰農産物処理法」と呼ばれている。日本国政府は下記の提案条項を精査し、これを受け入れるものとした。

(4)改善運動の三本柱
・粉食（パン食）奨励
・畜産物奨励　家畜の餌としてトウモロコシ、大豆
・油脂奨励（フライパン運動、油いため運動）

―略―

(5)提言
政府及び関係省庁の意向に反することになるかもしれないが、米国より与えられた下記の啓蒙標語は非科学的と言え、この啓蒙活動に携わるスタッフからも少なからずの疑念がでている。
・米を食べると馬鹿になる
・米食は早老、短命のもと
・パンを食べないから身体が小さい

・パンを食べないから戦争に負けた

また、米国の余剰農産物を巧みに押し付けられ、自国の食糧自給率が著しく低下している現況も憂慮される。戦後の食糧難を脱しつつある現在、我が国は米国の「小麦戦略」の罠から脱する道を探らねばならない。以下に、農学専門家としての、日本の農業政策の試案を記述させていただく。

特に、下記試案書末尾に記載された米国のジャニス・ダウト博士との共同研究による「遺伝子工学によるゲノム編集農作物」に留意されたい。ジャニス博士は聖ヨハン国際病院に新設された遺伝子研究室の責任者であり、私もその研究室で共同研究をしている。栄養価の高く害虫に強い稲や小麦、短期間で生育し上質な肉をもつ豚、栄養価の高いトマト、毒性のないジャガイモなどは、いわゆる何年、何十年もかかる品種改良でなく、ジャニス博士の開発したゲノム編集技術で実用段階に入っている。このゲノム編集技術はＤＮＡの螺旋に人工的に編集作業を加えるもので、現在は動物実験をクリアし、牛、豚、鶏の品質改良にとりかかっている。軍事研究としても莫大な予算が付き、人体への応用が研究されている。

――略――

＊

椿博士の日記

昭和三十一年十月十日は、私にとって忘れられない日となった。私の設計したキッチンカーが完成し、日比谷公園で盛大な出陣式が開かれたからである。米国主導とはいえ、関係者諸君の努力・労力を思いやると、万感の思いである。さらにこの日が特別なのは、キッチンカーの完成、出陣式というイベントはもとより、さらには、私はそこで一人の魅力的な女性を見そめてしまったからである。彼女はキッチンカー運営担当の栄養士として採用された一人であり、真新しいキッチンカーの前に他の大勢の栄養士たちと並んで、写真撮影に応じていた。折り目のきちんとついたオレンジのエプロン姿で微笑む彼女の姿は、割烹着かモンペ姿を見慣れた私には、とても新鮮であり眩しかった。まだ、戦後間もないということもあり、人々の服装はほとんどモノトーンであったが、アメリカ製のエプロンは鮮やかなオレンジ色をしており、見る人々を驚かせた。応募履歴書をみると、まだ二十歳という若さであり、北海道出身で、東京の専門学校にて栄養学を学んでいた。採用した三十人ほどの栄養士のなかでも、彼女はひときわ背が高く、顔の彫も深かった。採用面接時は、面接担当官の米兵将校が英語で白人との混血か聞いたほどであった。

「pure blood」、彼女は綺麗な英語で、下唇を噛みしめるように答えたのが、印象的であった。

８台のキッチンカーは翌日から全国に巡回に出発したが、偶然にも私が帯同した「キッチンカー1号」の担当栄養士二人のうち一人は彼女であった。私はこの幸運に少なからずときめいたが、自分の年齢四十五歳を考えると、馬鹿な考えをもつなと自戒するしかなかった。私たちのキッチンカーの最初の担当エリアは、横須賀、三浦、逗子であった。この地区は戦時下でも比較的食糧事情がよかったが、横須賀市内の日本軍基地は壊滅的な爆撃被害を受けていた。魚食、米食主体の食生活に、肉類、豆類、小麦粉、油脂を使用した栄養食を普及させることがわれわれの仕事であった。

「さあ、明日から忙しくなるぞ」

この日の私は、職務への意欲と期待に打ち震えていた。

昭和三十二年六月

私たちの食糧改善計画の目玉であるキッチンカーが活動を始めてもう九カ月が立とうとしている。現在の布教場所は青森県である。この啓蒙活動を私は自虐をこめて「布教活動」と言っている。昨日の青森県の地方紙に、わがキッチンカーの記事が掲載された。

「キッチンカー青森に来訪

戦後、衣食住の改善や保健衛生の向上、因習の打破などによる生活の合理化を求める自主的な運動が活発になってきている。食生活に関しては、米食中心の『ばっかり食』による栄養の偏りを改善するために、勉強会や料理講習会が開かれ、小麦を利用したパン作りや、油脂や動物性たんぱく質の摂取が推奨されている。そして昨日ここ青森市にもキッチンカーが来訪し、華麗な実演をした。キッチンカーは日本食生活協会が米国の支援を受けて実現した栄養指導車である。車内には調理器具や冷蔵庫を備え、音楽を鳴らして近隣にキッチンカー来訪を伝えた。集まった人々を前にして、小麦粉や油、肉などを用いた真新しい料理がつくられ、調理法の伝授や試食が行われた。写真のように老若男女が大勢集まり盛況であり、モダンなエプロン姿の若い栄養士の女性たちがあふれるばかりの笑顔で料理を提供した」

記事には二枚の写真が掲載されている。一枚は、粗末なトタン屋根の家が並ぶ広場に停まったキッチンカーに群がる人々の全体写真であり、もう一枚は、キッチンカーの中でかいがいしく働くスタッフと美味しそうに料理を食べる人々のアップの写真である。

写真に映る遠藤アイの何と美しいことか。栄養士遠藤女史はオレンジの胸まであるエプロン姿でフライパンを手にしている。白黒写真だが､私には総カラーの写真のように映る。そしてはるか背景に私の姿が映りこんでいる。よれよれの背広を着て、後ろに手を組み所在なげに立っている。口元に蓄えた髭が、かろうじて私に最低限の威厳を与えている。若さがほとばしりでている遠藤女史にくらべて、なんと私は老いていることか。

そして、この写真が私に悪魔の決断をさせてしまったのだ。

エプロンの下に隠された豊かな膨らみをもった彼女の肉体を、私は、私だけは知っている。今年の一月一日、私たちは横須賀市浦賀の船員宿で結ばれた。農学博士の肩書を持つ私は厚生省の要請によりキッチンカーの総責任者となっており、遠藤女史はキッチンカーの調理担当スタッフであった。キッチンカーの初陣式の昨年の十月十日以来、私、遠藤女史、同僚栄養士、運転手の四人が一つのチームとなり各地を巡回してきた。最初こそ、すべてが初めての経験であり､実演作業が滞ることもあったが､回を重ねるごとにチームワークは最高のものになり、学窓にしかいなかった私には、いわば「田舎芝居の巡業公演」のようなこの啓蒙旅行が新鮮であり、楽しくもあった。

「先生、私、今日で二十一歳になりました」

遠藤女史は私を先生と呼び、こんなおろかな私を慕ってくれている。私は戦中の三十五歳になるまで研究一筋であり交際する女性もいなかった。それでも戦争の真っただ中に、友人の紹介でやっと心の通じあえる女性ができた。そしてその最愛の恋人を私は東京大空襲で失っていた。ここでは名前をあげず、ただ、「恋人」といっておこう。女性に縁のなかった私は、その「恋人」という言葉の響きに酔いしれていたのだから。

「先生のなかにはまだあの方がいらっしゃるの？　私の住むすきまはないのかしら」

　私が札入れに忍ばせていた恋人の写真を、遠藤女史は偶然見てしまったことがあった。狼狽した私は聞かれもしていないのに、元恋人と説明した。東京本郷で焼死した彼女の亡骸に私は会えなかった。ただ、彼女の兄が私の大学農学部の研究所に一冊の本を届けにきてくれた。兄という男は恋人に生き写しであり、女性のような優しい物腰をしている。

「妹が大事にしていた本です。トタンの衣装箱、さらに海苔の缶のなかにしまわれていたので奇跡的に焼失を免れました」

　鮮やかな黄色い外箱を開くと、さらに鮮やかな真紅の表紙の小さな本があった。赤い表紙の左上の片隅に小さく、つつましく『智恵子抄』と金箔の文字がみえる。奥付を見てみると、昭和十六年発行の初版本であり、龍の絵柄が描かれている。この本は発行元の龍星閣主人澤田伊四郎氏が三年の歳月をかけて高村光太郎を説得しながら編纂したものである。付箋がしてある頁を開くと、「あどけない話」という詩の文字が躍っている。その頁にはさらに小さい折り紙に、見覚えのある彼女の達筆の文字があった。

「椿さま　この手紙をみてらっしゃるということは、わたくしはもうこの世にいないのでしょう。

０４１０４　００７０３　０７７０３　０７９０６　０３２０１　０２５０４
０６５０５　１６２１１　１０１０６　０８３０６　０６８０７　　　　かしこ　」

彼女のお兄さまは礼儀正しく礼をして、去りぎわにポツリという。

「私にはその数字が何を意味するか、かいもくわかりませんでした」

私にはわかる、その数字の羅列が何を意味するか。

お兄さまが帰るとさっそく、私は『智恵子抄』の頁をめくる。数字をたどると、一文が浮かび上がった。

「かなしみはひかりとかす」

恋人と私は戦時中ということもあり、暗号ゲームにはまったことがある。「共通鍵暗号方式」は暗号を復元するための同じ鍵を送り手と受け手双方がもっている方式である。そして私たちの愛の手紙のやり取りは、この暗号方式で行なわれていた。私たちは五冊の本を各自もち、それらを共通鍵としていた。最初の二桁の数字は書名、次の三桁の数字は頁、次の二桁の数字は行数、次の二桁の数字は該当文字の行頭からの番号であった。今回の数字は五桁なので一番省略した方式であり、その頁数と行の一番上の文字を数字にしていた。そして、今回の暗号の鍵は『智恵子抄』だと、私はすぐにわかった。

「悲しみは光と化す」

なんという、彼女のあどけない遺書だろうか。いや、彼女自身もこのメモ書きが本当に遺書となるとは、思ってもいなかったかもしれない。ただの戯れだったのだろう。

高村光太郎は智恵子の死に悲嘆にくれた末に、ある救済の考えに達する。亡くなった智恵子は「元素」となり光太郎のなかに生きており、愛すれば愛するほど亡くなった智恵子はあざやかに生きている、と光太郎は智恵子を昇華させたのだ。

本のなかの数ある行の先頭の「と」の文字から、恋人が「トパアズ」を選んだのは、鉱物学者でもあった恋人のユウモアであろう。フィールド調査で出かけた長野の釜無川で、ヘルメットを被り、金槌を持って岩を砕いている恋人の姿が鮮やかに蘇がえり、私は涙した。

その日、暖かい三浦半島には珍しく浦賀は朝から雪であり、私たち一行は西浦賀にある船員専用の安宿に投宿していた。この日はガレー船も貨物船も入港しておらず、宿は私たちの貸し切りであった。月明かりの深夜、遠藤女史、いやアイと呼ぼう、彼女が私の部屋にやってきた。そして小さな一つ布団に、私たちははみ出さないように寝た。私により露わにされた乳房は月明かりに照らされた雪よりも白く、熱い血潮は私の心を融かした。
アイは小さな声を出し、眉間に可愛いしわをよせている。私は動くのをやめ、ただ彼女と一つになったままじっと快感の沼に身を沈めた。そして夜明けまで私たちはただ抱き合い、アイはすすり泣きのような小さな声をあげ、快感の渦に身悶えしていた。

そしてキッチンカーの啓蒙活動で全国を行脚しながら、アイとの幸せな生活が始まり、私たちは夜ごと求めあうようになっていた。そのような幸福な日々にも、私は自分の老いに恐怖していた。アイの若鮎のような若さにあふれた肉体は私には眩しすぎ、私の下腹はだらしなく小じわがよってきている。髪もすでに白髪まじりで、実際の年齢より老けて見えてしまっている。もとよりアイは年齢差など気にしない現代の女性であるが、新聞記事の写真が、残酷な現実を私に突きつけたのである。

昭和三十二年十月
キッチンカー初陣の日よりちょうど一年が過ぎ、私は東京に帰り、聖ヨハン国際病院の研究室に復帰し研究に没頭している。
そして私は決断したのである。ジャニス・ダウト博士の革新的な治験の被験者になることを。ジャニス博士はアメリカが接収した築地の聖ヨハン国際病院で極秘の研究室を構え、遺伝子の解析と遺伝子組み換えを研究していた。私も農学博士として日本の稲、ジャガイモ、サツマイモなどの遺伝子解析を手伝っていた。そして驚くことに、ジャニス博士はすでに毒のないジャガイモと、害虫に強い稲の開発に成功していた。さらには動物実験にも着手して、巨大なマイティマウス、寿命が二倍のウサギ、知能指数が倍の猿などを産みだしていた。そのなかでも私が着目していたのが、寿命の延長、そう不老不死とまではいかなくとも「遅老長寿」ともいえる技術であった。中国では古来より「太歳」という菌類の一種が不老不死になる薬として重宝されてきている。ジャニス博士のチームは老化を司るたんぱく質を発見し、その遺伝子にゲノム編集をおこなうことで、老化を遅らせるという技術を、すでに複数の動物実験で成功させていた。技術的なメカニズムは意外と単純で私にもすぐに理解でき、持ち前の器用さからゲノム編集の実操作は主に私が担当していた。

極秘とはいえ単なる農作物の遺伝子研究所ということで、研究室の警備は特段にされておらず、ドアに鍵がかけられているだけであった。私は深夜に研究室に忍び込み、事前に用意した「アンチエイジング」遺伝子を自らの肉体に注入した。この時の最新のゲノム編集技術ZFN（ZINC-FINGER NUCLEASE）は非常に精度が高く、確実に私の老化遺伝子を破壊するはずであった。こうして、私はマッドサイエンティスト、フランケンシュタイン博士になってしまったのである。ただ、自分の老化を怖れ、アイとの年齢差を埋めるために。

昭和三十三年四月

私はある予想される真実、確実にせまりくる未来に打ちのめされた。愚かな私はそのことにまったく気づいていなかったのだ。

私の身体に施術されたアンチエイジング・ゲノム編集は成功し、私の体調はすこぶるよい。ジャニス博士の研究室は数々の成功をおさめ、いまでは「遺伝子組換え研究所（Gene Recombination Laboratory）」と組織変更され、研究所のスタッフも三十人をこえる規模となっていた。キッチンカー活動を卒業したアイも、この研究所の研究助手として採用され、私たちは結婚を前提とした付き合いをはじめており、研究所のスタッフからも婚約者とみられていた。

「Happy Birthday to Ai」

この年の一月一日がアイの誕生日である。アメリカ式の誕生会が開かれ、ケーキの蝋燭を吹き消す彼女は誰よりも輝いていた。その幸せの絶頂で私は気づいてしまったのだ。

「なんと私は愚かだったのだろう！」

はなやかな祝福の歌が、もはや私の耳には入らない。老化遺伝子の破壊により、私の老化スピードはほぼ半分の速さになったことは、定期的細胞検査で確認されている。ということは、二十年後にはアイは私と同年代の姿になり、三十年後には私よりもはるか年上の容貌になってしまうのだ。私は自分の老化に焦り、ただ自分の老化を遅らせることのみに執着していたのだ。

「この美しいアイの老いた姿など見たくない。アイには今のままでいてほしい」

私はアイにも、秘密裡にアンチエイジング・ゲノム編集を施すことにした。これしか、二人の老化スピードが同調する方法はないのだ。しかし、以前と異なり巨大化した研究施設の警備は厳重となっていた。ゲノム編集の軍事応用の研究がいまではメインの開発課題となっていたからだ。私も「秘密保持契約書」にサインさせられ、軍事応用研究の主要メンバーであり、電子キーは与えられているが、出入りはすべて自動記録されている。

万事休した私はジャニス博士にすべてを打ち明けて、アイへのゲノム編集を懇願した。驚いたことに博士は私の違法行為をすでに知っており、貴重な動物実験例として私の遺伝子・細胞検査の記録をひそかに録り続けていた。

「椿博士、あなたはこのゲノム編集がどんなに危険か、どんな結果を生むかお分かりですよね。オフターゲット作用、子孫まで影響する遺伝子ドライブ、未知なことが多すぎます。それでもやりますか」

私の狂気ともいえる要望とジャニス博士の実験的研究への渇望が一致し、私とアイは人体実験のモルモットになったのである。ジャニス博士は一つだけ条件を私につけた。

「いまあなたが生命倫理の観点から参加を拒んでいる軍事研究、ドナ計画（ＤＮＡ編集計画）の一つであるスーパーソルジャー研究に無条件に参加すること、これが条件です」

ドナ計画は米軍が現在もっとも力をいれている軍事計画であり、莫大な予算がつけられていた。受精卵に兵士用にデザインしたゲノム編集を行い、「スーパーソルジャー」を生み出すという非倫理的研究であり、私はその研究への参与を辞退していた。

驚異の潜水能力をもたせれば、二十分は水中に潜っていることができ、水深七十メートルまで潜水可能な兵士が完成する。それは「海の民バジャウ」という一族のＤＮＡを解析して判明した結果を応用するものである。彼らバジャウの人々のＤＮＡには脾臓を大きくする遺伝子が隠されていた。脾臓は酸素を運ぶ赤血球をはじめ様々な血液成分の貯蔵庫であり、彼らの巨大な脾臓が驚異的な潜水能力の秘密であったのだ。アザラシの脾臓も大きいことがわかっている。

毒ガスに耐えうる兵士、数キロ先まで視認できる兵士、暗視スコープを使わなくても暗闇で活動できる兵士、驚異的な計算力や記憶力を持つ兵士、筋肉を驚異的に増大したマイティ兵士、言語中枢を発達させ何か国語も話せる兵士、嗅覚を発達させた爆弾探知兵士、そして大統領や重要人物の影武者となりうるコピー兵士、これらが米軍司令部からの開発要望デザインであった。そしてジャニス博士は数年後には実現できると、受精卵へのゲノム編集を開始する予定であった。動物段階の域を超えて人間の受精卵への編集である。

こうして私は悪魔と契約し、アイは自分の知らない間に、麻酔で昏睡しているあいだにアンチエイジングデザイン・ゲノム編集を施術された。アイの性格・信条からして、彼女をいくら説得してもこの施術を受諾しないと考えたからである。そして、この二年の研究の進展により、彼女の老化スピードは普通人の五分の二、つまり一般人の十年はアイにとっては四年、私にとっては五年となったのである。

結果的にアイに行ったゲノム編集は大成功といえ、彼女の定期的な細胞診断の結果はジャニス博士と私を満足させた。こうして、私とアイという、全世界で初の「遅老長寿」のカップルが誕生したのである。そして、生命倫理の良心を捨てた私と、また良心を最初から持ち合わせていないジャニス博士は、おぞましい悪魔のドナ計画を推進してしまったのである。もちろん、受精卵へゲノム編集され産まれた「デザイナーベビー」のほとんどが、数日、数週間、数カ月で次々に死んでいくのを見るにつけ、私は逃れようのない良心の呵責を感じていた。それでも、アイとの幸せな生活、甘美な肉欲の坩堝は、呵責の苦しみをはるかに凌駕していた。

昭和三十六年五月

順調に進んでいた私とアイの幸福な生活は霧散した。アイは自分の身体にゲノム編集が施されたことに気がついてしまったのだ。

アイは一月に妊娠がわかり、とても喜んでいた。そして嬉しそうにまだ姿形もはっきりしない超音波画像を私に見せ、肌身離さずその写真を持ち歩いていた。しかし、二週間に一度の産科検診を行ううちに、異変が発覚してしまったのだ。

「私はなんと愚かなのだろう、悪魔と契約した報いがきたのだ！」

私は自分を呪った、この老いぼれの何という身勝手なことか。

何カ月経ってもアイの胎児はなかなか成長しなかった。検診ごとに撮られる超音波写真を食い入るように見るアイの表情は日に日に険しくなってきていた。そしてここ四年の一向に老化しない私の姿と、研究室の研究課題を照らし合わせ、アイは気づいてしまった。

「私に何をしたの？」

アイは私を問い詰めた。そして、観念してすべてを白状した私をアイは許さなかった。決して許さなかった。それも当たり前の話である。ジャニス博士が私たちの間に割って入り、狂乱状態のアイに、科学者らしく宣告した。

「あなたの妊娠期間は二十五カ月です。でも大丈夫、立派な赤ちゃんが産まれますから、もっと気を強くもって。私たち研究スタッフが出産まで完璧にあなたのケアをします」

ジャニス博士にとっては、これほど貴重な実験材料はなかったのである。

そして私は研究所を去り、アイからも去った。アイは研究所に残り、出産までの長い期間をジャニス博士の人質として過ごさなければならなくなった。それが唯一、彼女が胎児を守る術であったからである。

私は生まれ故郷の新潟に帰り、仙人のような蟄居生活をするしかない。悲しいことに、計算すると私の余命はあと八十年もある。

私の死んだ恋人はあどけない遺書を残したが、私は何を残したのだろうか、愛の残骸と、老いることのない子どもを残してしまったのかもしれない。

十七 「風の家」の三人

ジーク少佐に再度呼び出されカウンター作戦について説明されたその夜、僕たちは少佐に送られてカフェ「風の家」へ向かった。木村たちの監視の目があるかもしれないので、少佐は基地内のマリーナから黒い小さなモーターボートを出航させた。基地から「風の家」までの航路は、ほぼ明日僕たちが進む航路だった。船は猿島右を抜けると潮流にのり一気に走水沖まで到着した。ここから観音崎をまわればもう安心だ。少し先に僕たちを導くように「風の家」の二階のライトが点滅している。僕とアイさんが初めて愛を交わしたあのベランダに、そのライトはあった。

「鹿居くん、君はクリスをカント君に紹介する覚悟はできているかね?」

ジーク少佐は僕とクリスを「風の家」の前の浜に下すと、暗い海に消えていった。ボートの姿はすぐに見えなくなったが、エンジン音だけが風にのっていつまでも聞こえている。

クリスは4メートルほどの崖をひと飛びで登り、僕は垂直に立てかけられている脚立を流用した梯子を登る。クリスは「風の家」に以前にも来たことがあるようで、大きく回り込み、海とは反対側の玄関に大股で歩いている。クリスの後ろ姿をみて、比重の重いクリスは長い距離を泳いで、ここまでたどりつけるのだろうか、少し不安になる。

上陸する僕たちをずっと見ていたのだろうか、呼び鈴を押す前にドアが開いた。今夜のアイさんは真っ白な木綿のワンピースで巫女のようにも見える。アイさんは何もしゃべらず螺旋階段を登っていく。クリスが僕に先に上るように言い、最後に一人で登ってくる。自分の体重を考えてのことだろう。見慣れたLDKに入ると、鮮やかな鉢植えの花が目に飛び込んでくる。青みがかった紫色の花弁の可憐な花だ。香りはしない。

「グロキシニアよ、花言葉は『艶麗（えんれい）』よ」

アイさんは初めて言葉を発した。その花の横には紫から黄色と微妙なグラデーションの角ばった石がおいてある。「トパアズよ。石言葉は『誠実・友情・潔白』。グロキシニアとトパアズは並ぶとさらにお互いを美しく高めあうのよ」

花言葉はもちろん知っているが、石言葉なんてあるのか、アイさんは占い師が水晶玉を触るように石を撫でる。

「明日の夜、僕たちはここに来ます」

アイさんは子どもを失った母親のような寂しげな翳りをたたえながら、小さく頷く。

「夜風で冷えたでしょう。お茶を出すわ」

アイさんはキッチンにお茶を入れに行き、僕とクリスは床に敷かれた四畳ほどの広さのラグに座る。このウール１００％のラグは「ベニワレン」というモロッコの手織りで、かなりの厚みがある。アイさんはその素朴なダイヤ柄が好きだという。モロッコでは母親が嫁入り道具にと丹精を込めて織る貴重なものである。クリスが自分の家のようにくつろいでいるのが、少し不思議だ。僕たち三人はラグの上に輪になり座り、輪の真ん中におかれたハーブティーを聖杯のように飲む。薄い若草色のお茶はまたしても僕が知らない香りをはなち、僕の五感を惑わす。窓からは満月の月光が射し込んでいるが、僕らの影をつくるほどではなく、ただアイさんの白い服をひよこ色に染めるだけだった。

しばらくの沈黙を破り、アイさんはワンピースのポケットから薬のカプセルを三つ出し、お盆に並べた。大きさは同じだが、それぞれ色は異なっている。

「ひとつ選んで飲んで。ひとつは愛の薬、ひとつは毒の薬、ひとつは私にもわからない」、アイさんの口調は冗談のようだが、表情の厳しさが何かを物語っていた。

アイさんとクリスと一緒に死ねるなら、毒薬など怖くない、愛の薬も怖くない。でも、わからない薬は怖い。

「知らないということは怖いものよ」

アイさんはサイコロ賭博のようにカプセルを両の手のなかでシャッフルして、まずクリスの唇を指でそっと開き青いカプセルを忍び込ませ、次に僕に赤いカプセル、最後にアイさんは自分の口に黄色のカプセルを入れた。形のよい唇がすこし突き出され、僕はどぎまぎする。

「今夜、私たち三人はお互いを知り、お互いを理解するのよ」

いまのところ、薬を飲んでも僕は生きている。毒薬には当たらなかったようだ。いや、これは、僕とクリスを暗示にかけるためのプラセボかもしれない。

僕の目は閉じられ、僕は抵抗できないほど眠くなる、しあわせに眠くなる。


クリスがアイさんの乳首を吸っている。クリスは赤ん坊で、青いおくるみを着ている。でも乳首に吸い付くクリスの顔だけは大人の顔だ。霧がかかったように視界は霞んでいるが、アイさんは幸せに笑みを浮かべているのが見える。クリスとアイさんは小舟に乗っており、打ち寄せる荒波に小舟は翻弄されている。僕は激しいジェラシーを覚え、もう片方の綺麗に勃起した乳首に吸いつこうとするが、どうしても届かない。カメリア博士という名札を胸につけた白衣の老人が現れ、アイさんの綺麗な唇を横から吸う。アイさんの瞳は半開きで、視線はどこにあるか定かではない。赤ん坊のクリスが激しく泣き出し、困惑したカメリア博士は去っていく。

荒波が静まり、小舟は静かに天上の月を追うように進んでいる。そして今、僕は小舟のうえに横たわって、その静かな海の揺れに身をまかしている。アイさんは赤ん坊のクリスを抱えたまま、船に横たわる僕の脇に、風に飛ぶ絹のハンカチーフのように座っている。

アイさんはクリスを愛おしそうに抱いたままクリスの頬に唇を当て、クリスは泣き止む。僕は船となり、愛さんは帆となり、クリスは舵となった。僕たち三人が構成する船は、月を目指す航海に進みだし、決して辿りつかない旅を続ける。

アイさんが舵を操るクリスに語りかける。

「夜の海では方角を見失いやすいわ。星も羅針盤も役にはたたない。月を探して、常に満月を左手に見るように進むのよ」

僕はしあわせの眠りから覚める。ひどい頭痛に耐え切れずに起きたようだ。目覚めた僕は浦賀のマンションの自分のベッドに寝ていた。半覚醒のまま見渡すが、クリスもアイさんの姿も見えない。ベッドから半身をおこすと、ポロリと毛糸のようなものが落ちた。ベニワレンの織物の長い毛であった。昨夜の出来事は現実だったのかわからないが、僕はアイさんの部屋にいたことだけは間違いない。

「クリスに会ったよ」

猫のカントが僕をゆさぶる。そして昨夜の僕の記憶は突然蘇った。

ラグの上に川の字に寝た僕らは、薬のせいか半覚醒状態だ。そしてまずクリスが語りだした。自分の記憶にあるすべてを、クリスは永遠に語り続け、そのすべてを僕は記憶し吸収した。次にアイさんが語り始めた。そのクリスよりさらに長いながい物語も、僕はすべて記憶し吸収し、二人の記憶は僕のなかに、自分の記憶と同様に存在するようになった。僕も自分の過去をすべて語らなければならない、「僕の過去」を脳内に探すと激しい頭痛が襲ってくる。

＊

僕は知ってのとおり病院船「ゼウス」で産まれた。僕たち十個の雄の受精卵は「マイティソルジャー・ゲノム編集」されたデザイナーベビーであり、その最新の編集技法にちなんでクリスパー1から10と数字で呼ばれた。数カ月で僕らの半分がスピンアウトし、彼ら研究者たちは被験体のベビーが死ぬことを、そのように表現していたのだが、死因の解明のために解剖検査され、データを録られた亡骸は公海上の海に葬られた。最終的に十歳まで生存したのはナンバー5と9だけだった。クリスパー5は特に身体能力に優れていて、五歳にしてオリンピック選手と同等以上の器械体操演技をでき、研究者たちを喜ばせた。クリスパー9である僕はといえば、特に筋力の発達が著しく格闘技術も習得し、八歳にして船内の屈強な警備兵士の誰を相手にしても倒すことができた。その時は僕も子どもであり、ほんのじゃれあい、猫のじゃれあいのようなつもりで兵士たちと模擬格闘をしたのだが、ある時期より生きている兵士相手の訓練はなくなり、マシンを使ったトレーニングだけになった。

もちろん僕たちの生活は二十四時間管理されており、週ごとに各種身体検査をされた。採血、採尿、採便、X線、CT、脳波、超音波検査はもとより、各種心理テストも受けた。教育は一般学校の教育形式とはことなり、一科目重点集中教育であった。僕たちはヘッドギアをつけられ、スクリーンに映し出される映像や動画を際限なく視聴させられた。国語が終わると数学、化学、物理学、生物学、医学などと集中学習方式で教育を受けた。今でいうディープラーニングの手法であった。歴史についても教育を受けたが、学習させられた歴史が真実の歴史だったとは、到底思えない。

「親」という概念は僕たちにはない。あるのはただ兄弟という概念だけであり、研究者、ナース、警護兵たちはただの職種としての概念だけだった。それでも二人だけ、一般社会でいうところの親族のような人物がいた。

そして、僕たちには「母」という概念に近い女性がいた。ある動物は、産まれた赤ん坊が初めて目を開き見た対象が母親と認識すると聞いたことがある。僕の子ども時代の記憶を、大河の流れをたどって遡行し源流を探すように、最初の記憶まで辿っていくと、いつもひとりの女性の顔が浮かんだ。女性は「ハポ」と呼ばれていて、研究者たちとは異質な存在で、僕たちが産まれてから十五歳になるまで、僕たちに寄り添い身の回りの世話をしてくれていた。僕たちはハポという言葉は名前ではなく、「マザー」という単語と同等の意味だとずっと思っていた。

「ハポ」

僕はそう彼女を呼び、彼女は優しく哺乳瓶で僕にミルクを与えてくれている、この映像が僕の記憶の源流であった。ハポは僕たちが十五歳になるまで生活をともにしたが、彼女は美しく聡明で、時には研究者たちと激しく口論して僕たちを守ってくれた。そして彼女は、僕が彼女をハポと初めて認識してから十五年経っても、変わらず美しかった。

そしてもう一人はジークだ。僕より十歳上で兄のような存在だった。ジークは生き残っていた僕たち5人をまとめるリーダーだった。身体はものすごく小さく、髪も肌も透き通るように真っ白だった。そして右目は緑色、左目はブルーの瞳をしていて、宇宙人のような外見をしていた。腕力ではとうてい僕たちに及ばないジークだったが、彼は僕たちの心をすべて見透かすような眼の力をもっており、僕たちの絶対神であった。そして僕の仲間が一人、またひとりと死んでいくとき、ジークは金と銀の涙を流してくれた。

長さわずか二百七十メートルの船が僕たちの全世界であり、わずか二十人ほどの人間が僕の住む世界の住人だった。

そして十五歳から十八歳までの記憶を僕は失くした。生活に必要な最低限の知識は残っていたが、あれだけ英才集中教育により学習した大学教授並みの知識や、多言語の知識はもう僕にはなかった。そしてアシモフの「ロボット三原則」ではないが、僕は闘うことができなくなっていた。

後はジュン、君が知っているクリスだよ。

殺されたゴードン軍曹ともう二人の話も、しなければならないかな。

順を追うと、夜の十時ころ、僕はハリス二等兵とジョンソン二等兵に呼び出され、岸壁に近い倉庫裏に連れていかれた。彼らはそこでよく薬をやっていたりしていた。オキシコドンをよこせといわれ断ると、いきなり彼らは僕を殴り始めたのだ。彼らのパンチなんか簡単にかわせたけど、殴られてすむならと我慢できた。僕の身体は強靭で殴った彼らの拳のほうが腫れあがったよ。でも、彼らはさらに僕の財布をポケットから奪いお金をとったのだ。お金だけならどうってことなかったけど、ハポと二人で写った、たった一枚の写真をみつけた彼らは、写真を踏みつけ始めたんだ。でも、僕はそれでも我慢したんだよ。僕は彼ら二人を殺してはいない。

ゴードン軍曹はもっとひどかった。部屋に戻った僕をゴードン軍曹は待ち伏せしていて、僕を食糧庫に連れ込んだ。僕はゴードン軍曹が銃を隠していることに気がついていたから、すぐに彼は僕を殺すつもりだとわかったよ。でも、本当に殺すつもりかぎりぎりまで待ったんだ。ゴードン軍曹は迷うことなく引き金を引いたよ、うすら笑いを浮かべてね。僕は彼を傷つけないように制圧した。僕の兵士としての能力を目の当たりにしたゴードン軍曹は、泣いて謝罪し命乞いをした。でも僕は彼も決して殺してはいないよ。

汐入の駐車場の二人はまったく想定外だった。ちょうどジュンを見かけて声をかけようと思っただけなんだ。まさかあれが、君を陥れるための偽装工作なんて知らない僕は、闘ったよ。ナンバー5を助けることのできなかった僕だけど、君を助けるためなら僕は何でもするよ。屈強な二人はナイフをかざして僕に襲い掛かってきたが、彼らの動きはスローモーションのように遅かった。気がつくと彼らはバラバラになった人形のように転がっていた。それがすべてだよ。

＊

私は北海道の幌加内の出身です。私は政府に保護されたアイヌ集落（コタン）に住む両親の長女として産まれました。アメリカの居留地のインディアンのように、私たちアイヌは狩猟も釣りもできませんでした。ただ、やせ細った大地に、やはりやせ細った農作物を育てていました。生活のために、私たちアイヌは観光客相手のショーを行い、現金収入を得ていました。普段は内地の人々と同じ服装のアイヌですが、ショーのため、民族衣装を着て、アイヌ語を話し、踊り、演奏しました。私の名前は「アイ」といい、アイヌ語で「矢」という意味です。男の子が欲しかった父は、男の子につける名前しか用意してなく、そのまま私の名はアイとなりました。観光客に、内地では「愛」、「ラブ」という意味であることを教えられました。ショーのためにいやいや長い髭をはやした父は踊ることしかできませんでしたが、母は集落一のムックリとトンコリ（五弦琴）の演奏家でした。ムックリとはアイヌ伝統の楽器であり、竹製の薄い板に紐がついており、この紐を引っ張ることで板を振動させて音をだし、その音を口腔に共鳴させて増幅する原理です。音程はほとんど一つですが口の形を変えることで共鳴する倍音のフォルマントを変化させて曲を奏でます。世界にはモンゴルのホーミーや、アボリジニのディジュリドウ、なども同じ原理の楽器や演奏方法です。母の奏でる幻想的な音色は自然の息づかいを感じさせ、特に夜の暗闇で焚火の前で、夜空に輝く月と星を背景に奏でる母の姿は、その音色に負けずに美しいものでした。私ももちろん伝統楽器を演奏できますが、母ほどではありません。それでも、月の綺麗な夜には、たまにトンコリを弾きます。

ある事件で、ある事件ではいけませんね、すべてお話しするべきですね。東京からきた興行師が母の演奏に惚れ込み、女性五人編成の「ムックリとトンコリの楽団」をつくり、日本各地で演奏活動を始めました。母は集落を出るのを嫌がりましたが、貧しさゆえ三カ月という契約期間で承諾しました。ムックリは女性が演奏するものでしたので、父は演奏旅行には同行しませんでした。どのような演奏活動だったか私には知るよしもありませんが、好評のうちに演奏旅行は終わり、母は多額の現金を懐にいれて集落に戻りました。その夜に、私は熟睡していて何も知りませんでしたが、父が母を殺し自害しました。朝、目覚めた私は、隣の部屋で父母が重なるように倒れているのを見たはずなのですが、何も覚えていません。ただ、父のナイフを踏んで切った足裏からどくどくと鮮やかな血が流れだし、父と母の流した黒ずんだ血の塊に私の血が流れつく光景だけが、記憶に残っています。そして、私は一夜にして孤児となりました。

地元の高校を卒業した私はすぐに北海道を出て、東京の専門学校で栄養士の資格をとりました。

長い話になりそうですね、でも月を見て。まだ朝までは長い時間があります。

専門学校を卒業し「キッチンカー」での栄養改善運動に参加したことで、私の人生は大きく航路を変えました。わたしは椿博士という中年の農学博士と知りあい、恋仲となりました。博士はいつも大事そうに赤い表紙の小さな本を持ち歩いており、時間があるときはひとりでその本を開き、空を仰いでいました。その本は博士の恋人だった女性の遺品だと後で聞きました。私は、その本にさえ嫉妬しました。彼は私より二十五歳年上でした。私は年齢差などまったく気になりませんでした。いえ、逆に椿博士の年齢相応の落ち着き、冷静さ、優しさを前に、私は自分の若さを恥じていたのです。はやく歳をとり、はやく博士の年齢に追いつきたいと、私はいつも背伸びをしていました。そのような私の気持ちを椿博士は、まったく理解していませんでした。椿博士は悪魔からの遺伝子操作の誘惑に自らを差し出し、私までも差し出したのです。「不老不死」、「不老長寿」などに、ハッピーエンドなどがあるはずがありません。童話の世界でもありえないことです。まだ博士と私だけの二人だけなら、煉獄の炎に焼かれようと、とことん悪魔につきあってもよかったかもしれません。

しかし、あの聡明な椿博士は私たちの愛に執着するあまり、遺伝子編集された遺伝子は後世までも遺伝することに、考えが及ばなかったのです。幸せな生活は二年ほど続き、私たちは仕事、私生活ともに充実していました。そして自然な流れですが、私は妊娠しました。私はとても喜び、検診ごとに撮られる超音波写真を時間さえあれば眺めていました。しかし私の赤ちゃんは一向に大きくなりませんでした。いろいろと鈍いところのある私ですが、恐ろしい疑念が生じました。もう一緒に生活して四年になるのに、博士は老いるどころかますます元気ですし、私も体調が良すぎるほどで、肌なども逆に若返ったように透きとおった肌になりました。大きくなるばかりの疑念に耐え切れず、私は博士を問い詰めました。本来、嘘などついたこともなく、つけない博士は本当のことを打ち明けました。何という衝撃でしたでしょう、私と子どもは歳をとらないのです。そして、赤ちゃんの妊娠期間は二十五カ月と宣言されました。そして私は、胎児を守るためにジャニス博士という悪魔に心を、この身を売りました。椿博士は自分のした行為を恥じて自ら私から去り、私の胎内の赤ちゃんも二十カ月目に死にました。私は破水して昏睡してしまい、死んだ赤ちゃんにも会えませんでした。私に残されたのは、一五〇年という気の遠くなるような、これから生きねばならない長い年月でした。

そんな空虚な私の唯一の慰みは、デザイナーベビーの世話をすることでした。最初に世話をしたのはジークという赤ん坊でした。カプテシンという、脳の海馬部分の神経細胞を増やす働きがある物質を飛躍的に大量にもつように設計されたデザイナーベビーでした。ジークは驚異的な記憶力のほかにも、研究者が意図した結果ではないのですが、天才としてのＩＱをもっていました。ただ、肉体的にはアルビノ（先天性色素欠乏症）を発症しており、全身が真っ白でした。いわゆる白子であり、さらにはオッドアイといい、左右の瞳の色が違いました。右目は緑色、左目はブルーで、暗闇では彼の目は金銀に輝きました。

ジークの頭脳の発育はすばらしく、六歳にしてもう教えられることはないと研究者たちは困惑していました。ただ、身体の発育は遅く、何度も死にかけて私を心配させました。とてもかわいいジークに、私は「ハポ」と自分を呼ばせました。そうハポはアイヌ語で「母親」です。ジークは奇跡的に成人し、いまでは立派な情報将校になっています。

そして、その十年後には、クリスたち十人の世話をしました。この時には、研究所は築地の聖ヨハン国際病院から、病院船「ゼウス」の中へと移設されていました。アメリカ軍の新設された病院船「ゼウス」は、全長二百七十メートル、七万トンの巨大な船で、タンカーを改造して病院船としたものでした。医療従事者なら垂涎ものの医療設備が整っており、特に脳神経外科手術室と、われわれのゲノム編集ラボは空中支点方式で支えられており、微妙な船体の揺れも遮断する構造でした。デザイナーベビーの子どもたちはすぐに半数に減り、さらにナンバー5と9の二人となってしまいました。ジャニス博士ら研究者はクリスたちをモルモットのように扱い、あろうことか名前を付けずに番号で呼んでいたのです。

そして彼らが十五歳の時に、起こるべくして事件が起こりました。ナンバー5の脳内に電極を埋めて脳波を測定し、電気刺激を脳の前頭葉部分に当てていた研究者たち、マッドサイエンティストは刺激を強くしすぎるというミスを犯しました。錯乱状態になったナンバー5は電極をむしりとり、研究者たちに襲いかかりました。二人の研究者が人形のようにバラバラにされ、壁に投げつけられました。研究室の清潔な白い壁には、押し花のような真っ赤な花が咲きました。ナンバー5はすぐに警備兵の機関銃弾を無数に浴びましたが、すぐには倒れず私の目をみつめて、悲しそうに微笑みました。私は彼にとって、母であり、友人であり、すべてだったのかもしれません。警備兵たちは銃弾を複数受けても倒れないナンバー5に恐怖し、彼の肉体が肉片になるまで連射し続けました。

ナンバー9、つまりいまのクリスは検査待ちのために隣のベッドに寝ていましたが、たったひとり残っていた兄弟5を、目の前で殺され、マイティソルジャーになってしまいました。彼の筋肉はアドレナリンでさらに盛り上がり、着ているシャツが裂けました。クリスは乱射している警備兵の機関銃を飴のように曲げ、警備兵の頭をその銃床で殴りました。兵士の頭はスイカのように割れて飛び散り、脳漿が私の全身にふりかかりました。唯一残った貴重な人体実験被験者ということで、クリスは殺されませんでした。ジャニス博士は、象をも一瞬で昏睡させる麻酔銃をクリスに放ったのです。昏睡したクリスはすぐにICUに運ばれていき、それが私が見たクリスの最後の姿となりました。

私はふりかかった血と脳漿を浴びたまま、ただ、ナンバー5の肉片を拾い集めました。ちいさな肉片を拾うにはピンセットが必要でした。採血のときに痛そうに顔をそむける5、甘えたように添い寝してくる5、骨髄液採取では逃げ回る5、精液を採取するときの恥ずかしそうな5、口づけをしてあげればよかったと今、私は後悔する。私は5に「ジョニー」という名前をつけてあげ、埋葬しました。

クリスはこの時の強力な麻酔の後遺症か、あるいはその後ジャニス博士に何らかの脳への侵襲手術をされたのか、十五歳、つまりその事件の日から十八歳までの記憶がありません。三年間、植物人間となり寝ていたのかもしれません。いずれにしてもクリスの記憶が復元しないことは、逆に彼にとって幸いだったと思います。彼は八歳のときに、格闘技訓練中にすでに一人の兵士を不可抗力とはいえ殺していました、そして、ナンバー5が肉片にされたこと、自分が警備兵の頭を粉々にしたことを覚えていないからです。こうして、私は自分の子どものほかにも、多くの子どもを失なったのです。

でも、いま、私たちはここに三人並び、すべてを共有して交流しています。もうクリスの記憶も蘇ってしまっていることでしょう。「クリス、あなたは何も悪くないのよ」、私は何回でもそうあなたに言います、声が出なくなってもそう言い続けます。

もう私は八十三歳です。そしてあと百年近くも生き続けるのです。死ぬべきはあなたがたではなく、私であり、そろそろ私も自分の人生に終止符をうつべき時がきたようです。その前に、私の子どもたち全員に、子守歌を、あなたたちにいつも歌い聞かせていたアイヌのあの子守歌を歌いたい。それが「ハポ」としての私の最後の務めとなることでしょう。

「俺は、いや僕は川崎市の小さな町で生まれました……」

僕はすべての自分の過去を、脳内に記憶されているすべてを、クリスとアイさんに語った。しかし不思議なごとに何を語ったのかまったく思い出せなかった。ただ、過去を語る時の激しい頭痛だけが思い出された。

十八　カメリア博士へのメールと返信

カメリア博士殿

前略、博士におかれては研究に精進されていることと存じます。

一週間後の八月十日、二十時にかねてからご報告の「ゼウス計画」が実行されます。病院船「ゼウス」が爆破されれば、徹底的に現場検証がされジャニス博士の違法研究、非人道的研究が露呈するでしょう。

ただ、前回報告させていただいた計画とは大きく異なる内容になりました。

当初の計画では、私ジークとクリスの二人で病院船「ゼウス」を爆破する予定でしたが、新たに鹿居純一という日本人青年が加わりました。博士の危惧されていたとおり、テロ集団『キュクロプスの眼』の介入により、私たちの計画そのものが頓挫する危険がありました。クリスは敵の策略にはまり、二人を殺害してしまいました。さらには、犯人はいまだに不明ですが、米兵三人も何者かに殺されました。たとえ、殺された五人が極悪人としても、許されることではないでしょう。鹿居青年もあやうく空母「ロナルド・レーガン」爆破という暴挙に誘導されるところでしたが、私が何とか阻止いたしました。

『キュクロプスの眼』の計画を逆利用した「カウンター作戦」を、私は立案しました。すべては『キュクロプスの眼』のテロ行為として、事態を収束させます。

また、驚くことに鹿居青年は自分でも気づいておりませんが、典型的な多重人格者であり、彼の交代人格であるカントという猫の存在が、テロ組織による洗脳から彼を覚醒させるのに大きく寄与したようです。

もう一人の観察対象者横溝氏につきましては、病院船「ゼウス」を取材中に行方不明となってしまいました。木村一派からの指令で病院船内の立入禁止区域を探っていたのでしょう。ジャニス博士一味に捕まり処刑されたと思われます。

アイ女史につきましては、公安関係にもテロ集団にも探知されていませんので、なんの心配もご無用です。ただ明日以降はカフェ「風の家」を続けることは不可能であり、しかるべき場所に鹿居青年とともに潜伏する手筈になっております。

博士のもっとも気がかりな倉沢レラ女史につきましては、継続して観察対象として見守りたいと思います。忌まわしい勉強会もスナック「ロッキングストーン」も消滅しましたので、危険性はなくなりました。ただ、博士から直接レラ女史へ連絡をとることは、これまでとおり、お控えください。

私がいまいちばん悩んでおりますのが、クリスの処遇です。今回の過大な筋肉の酷使により、クリスの身体は悲鳴をあげており、鎮痛剤オキシコドンの服用量も増えています。

さらに、少年時代に誤って兵士を訓練中に死なせてしまったこと、ナンバー5が目の前で惨殺されたこと、警備兵の頭を粉砕したこと、それらの記憶がすべて蘇ってしまったクリスは精神的に追い詰められています。本人は明日、病院船「ゼウス」を爆破し、木村一味を爆殺したあとに、自爆することを私に懇願しました。そして私は了承しました。生きて逮捕されれば、クリスはまた、人体実験のモルモットにされ、あらゆる非合法生体検査を受け、最後は生体解剖されるでしょう。仮に逃亡に成功しても、クリスの風貌ではすぐに発見されるでしょう。

クリスについて、何か彼を救済する方法がありましら、ご教示いただければ幸いです。クリスは私の弟であり、博士の息子同然であり、私は今この瞬間でも自分の決断を変えうる理由を探しています。

敬具

ジーク・フィンガー

＊

カメリア博士へのメールを送信しおわり、私は涙した。

私がクリスを最初に見た時は、クリスはまだ赤ん坊だった。十人のデザイナーベビーは皆、同じ顔をしてベッドに寝ていた。ベビーベッドが保育室に十台も並んだ光景に私はただただ、嬉しかった。私はその時、十歳になったばかりであったが、それまではずっと一人であった。十人もの兄弟、弟ができたことがにわかには信じられず、私はジャニス博士に聞いた。

「弟たちの名前を教えて。大変だけど十人全部覚えるよ」

「彼らには名前がないの。前はあなたもそうだったでしょ」

ジャニス博士はベッドの頭の部分に掛けられた名札を指さし、私の髪を撫ぜた。名札には「No.1」、「No.2」、「No.3」、と無機質な数字が書かれているだけだった。赤ん坊たちのリストバンドにも同じ数字が書かれている。

私は何も知らなかったのだ、この先、彼ら弟たちにふりかかる悲劇について。

ディープラーニングを受けてきた私は十歳にして、大学院レベルの知識をすべて学習していた。医学、物理学、化学、生物学、言語学、数学などすべてである。ただ、哲学、倫理学、宗教学、文学については、ジャニス博士は害になるといって学習項目から除外していた。今にしてわかることだが、学習した歴史はひどく歪曲された偽りの歴史だった。

彼ら十人のベビーには、ナースとは別に乳母役として「ハポ」という女性がつきそってくれていた。ハポは私の乳母でもあり、今まで私の面倒をみてくれてきた。ハポは私の母でもあり、友達でもあり、先生でもあった。ことあるごとに、ジャニス博士から私を守ってくれ、私が気を許せる唯一の人だった。ハポは十年たっても相変わらず美しく毅然としていた。これからは、このベビーの兄として、私がこの十人を守らなければならないと思い、身のひきしまる思いだった。

しかし、それからわずか一カ月以内にベビーの三人が死に、生存しているのは一年後には五人となっていた。私とハポは、死んでいったベビーのリストバンドを手にし、涙した。

「やめて、それだけはやめて」

ハポがあれほど怒ったのは見たことがなかった。ジャニス博士が欠番となった番号をはずして、残ったベビーの番号を1から5番に振りなおそうとしたのである。

「欠番はあの子たちが生きていたという証なのよ。あなたたちは、私たちは、欠番の数字を見るたびに、あの子たちがたとえ短い時間でも生きていたことを思い出さなければならないのよ」

そしてクリスは9番のままだった。

ハポは知らないが、もう一人私にはかけがえのない人がいた。カメリア博士といい、五十歳くらいの日本人の男性だ。博士はAI知能の研究家で、コンピュータにいかに情報を効率的にインプットするかを研究していた。博士はあらゆる情報を数値化し、膨大な情報量をコンピュータに一瞬にしてインプットする「データマイニング技術」をかなりのレベルまで開発していた。あとは、コンピュータ自体のCPU、演算能力が高まればこの世に存在するあらゆる情報をインプットされたAI、人工知能が実現できるはずであった。あとはハードウェアの進歩を待つだけというところまで研究は進んでいた。博士はそのディープラーニング技術を応用して、僕に学習させたのだ。ただ、カメリア博士の存在は秘密にするよう厳命されていた僕は、心を許していたハポにも秘密にしていた。いや、厳密には、ジャニス博士から、ハポだけには秘密にしろと言われていたのだった。

生き残ったクリスたち五人もカメリア博士から、ディープラーニングを受け、十歳にして大学院レベルの学力に達していた。彼らは私と異なり、肉体に特化したマイティソルジャーだったので、私ほど知的学習能力は高くはなかったが、カメリア博士の教育法の効果は絶大だった。博士の教育法が世に出たならば、現存の学校教育は崩壊し、社会は大混乱になってしまうだろう。それは、化石燃料に代わる新世代の燃料、いや燃えることはない動力源がすでに米国内で開発されているが、公開されないのと同じ理論である。公開されれば、石油価格は暴落し、世界経済は破綻するからである。

そして最後まで生き残ったクリスたち二人が十五歳の時に、あの事件が起きたのだ。クリスの記憶は強力な麻酔銃により、多少欠落と歪みがあるようだ。真相を知っているのは、おそらく私だけで、このことはジャニス博士さえも知らないことだ。

私は二十五歳になっており、すでに海軍士官学校も卒業し、配属先が決まるまではフリーであった。私はその休暇期間中に病院船「ゼウス」を訪れ、クリスたちとハポに会うのを楽しみにしていた。

「はは、賭けをしよう。絶対、奴はうめき声をあげるさ」

「ホムンクルスの小人は知っているが、本当かい、足の親指と生殖器の感覚野がとなりあわせなんて」

「足フェチって知っているだろう、セックスのときに、足の指を舐められると異常に感じるあれさ」

この人たちは何の話をしているのだろう。そっと覗いてみると、病院船のデッキの上で、ジャニス博士の研究助手二人が、煙草を吸いながらじゃれあっていた。その時、彼らが何をしようとしているか私が気づきさえすれば、あんな惨事は防げたのだったが、私は聞き流してしまった。

ホムンクルスとは、もともとは「小人（こびと）」という意味のラテン語である。カナダの脳外科医ペンフィールドは、１９４０年代から開頭手術して露見した脳の大脳皮質を電気刺激して脳内の感覚野を調査していた。電気刺激の部位を微妙にかえながら、意識のある患者に、いま身体のどこが刺激を受けたか丹念に聞きデータをとり、大脳皮質の「感覚野の地図」を作ったのである。そしてその地図をもとに頭でっかちの小人のイラストに投影したのである。感覚鋭敏な部位、つまり目、鼻、舌や指は大きく描かれ、感覚の鈍い部位は足や胴体であった。生殖器もかなり小さく描かれている。そして大衆に受けたのが、なんと足の親指と生殖器（ペニス、クリトリス）の感覚点がすぐ隣り合わせに描かれていことであった。このことはある程度真実であり、足フェチの説明の定説にもなっているが、この助手二人はそれを実証したかったのだ。開頭しなくても大脳皮質に刺激を与える技術は、当時すでに実用段階にあり、テンカンの治療などに用いられていた。

クリスたちが定期検査中ということで、私は研究室近くの喫茶室でくつろいでいた。彼らに一年ぶりで会えるので、彼らの成長が楽しみであり、また私の軍服姿を見てもらいたかった。そんな思いでいるときに、突然、銃の乱射音がした。

ダダン、数秒おいて今度はさらなる連射音がした。私は椅子をけとばして研究室に走った。すぐ私の前をジャニス博士が麻酔銃をもって走っていた。博士の白衣の裾は、スーパーマンのマントのようにたなびいているのが、なぜかはっきりと思いだされる。研究室のドアを蹴破って入ると、凄惨な光景がとびこんだ。呆然としている私の横からジャニス博士が、やはり立ちつくしているクリスに麻酔銃を発射した。ハポのほうを見ていたクリスは背中に麻酔銃をうけ、一瞬で前に倒れた。ハポが倒れるクリスを必死に受け止めようとしたが、クリスの重みで二人とも床に抱き合うように倒れた。

ジャニス博士は恐ろしい人である。麻酔銃を周到に用意しており、この修羅場で冷静にクリスを昏睡させている。手足をもがれて床に転がっている研究助手は、さきほどデッキで賭けをしていたあの二人だった。

私はすべてを悟った。定例脳波検査ということでジャニス博士が同席していないことをいいことに、彼らは、自分たちの好奇心と賭けのために、ナンバー5の足の親指と生殖器の感覚点を交互に電気刺激してしまったのだ。しかも、かなりの強度の電気刺激を与えてしまったのだろう。そして無知な彼らは知らなかったのだ、体表の感覚点だけでなく、感情の感覚点が近くの部位にあることを。そしてナンバー5の姿が見えないことに気がついた私だが、部屋を見渡すと血の海の中に肉片らしきものが散乱していた。

「これがナンバー5か?」

騒ぎに駆けつけた警護の兵士たちも言葉を失っている。実戦経験もあり死体も見なれているはずの彼ら兵士が、あまりの惨状に吐いているではないか。

「死体を片づけて。ナンバー9はICUに運びなさい、絶対に死なせてはだめよ」

ジャニス博士は、さらにナンバー5の肉片を掃除機で吸い取らせるよう命令しているではないか。この人はカメリア博士と同じようにアンチエイジング・ゲノム編集を受けているのは間違いないが、心は冷凍保存されてしまったのだろうか。

「イーン、イーン」

突然鋭い高周波音がして、私たちは頭を抱えた。おそらく人間の可聴域2万Hzをはるかに超える周波数であろう。ドイツの作家ギュンター・グラスの小説を映画化した『ブリキの太鼓』の主人公オスカル少年は、声帯から発する超音波で窓ガラスや、ワイングラスを割ることができたのだ。少年時代に映画をみた私は、身体は幼児で精神年齢は成人のオスカル少年に、自分を重ねてみていたのだ。五歳にして精神年齢、知能指数が大人以上の私は、まさしくオスカル少年であった。ジャニス博士も警護の兵士たちも耳をふさいでいるが、高周波音は容赦なく頭の中に響きわたる。十秒ほどで、すっと高周波音は消え、静寂だけが部屋を覆った。高周波音はハポの口琴であり、ハポの悲しみの叫びであった。

「ヘマンタ　エチシカラ　エヌ　ルスイ　クス　エチシ　ハウエ　ネ　ヤクン」

静けさのなかで、ハポが子守歌を静かにくちずさんでいるではないか！　私に、クリスたちに、いつもいつも唄ってくれていたやさしい子守歌だ。『六十のゆりかご』といい、アイヌ伝承の子守歌であり、その歌を聞くと私たちは安らかに眠りにつけた。

ハポは子守歌を小さな声で唄い続けながら、ナンバー5の肉片をいとおしそうに拾い集めている。ハポの手のひらの肉片は、今にも動き出し、増殖し、ナンバー5が再生してくるのではと私を凍りつかせた。ハポの表情は喜怒哀楽という感情を超越して、日本の観音菩薩像のように穏やかだった。
『六十のゆりかご』というこの子守歌の歌詞を、悲しいことに私は覚えていた。

何を泣いているの
この話しが聞きたくて
泣いているのなら
言ってきかせてあげましょう

それはね
雲の空をとおりぬけて
星の空をとおりぬけて
そのむこうの
ほんとうの空をとおりぬけて

きれいな小川が
流れるけしきが
ずうっとひろがって

金の家
おおきな家がたっている

その家に
命をつくる神様が
六十のゆりかごをつるし
ゆりかごをいっせいに揺らす

そうするとあかちゃんたちの
泣き声が
この世界の上にふってきて
そこから眠りというものがうまれる
そして
あかちゃんはしあわせに眠くなる

*

（公益財団法人アイヌ民族文化財団より改変）

ジーク・フィンガー少佐殿

危機がせまっています！
ジーク少佐、あなたとクリス、アイ女史に刺客が送り込まれています。

以下に説明いたします。
一度は禁止された「ドナ計画」が、現大統領になってから、また復活したことに私は心を痛めていました。ロボット兵士やドローン兵器、無人偵察攻撃機と軍需開発が進み、もはやゲノム編集によるスーパーソルジャー開発は無用の長物になっています。しかし、ジャニス博士はさらなる恐ろしい研究を進めていたのです。それは簡単にいうと「コピー人間」です。遺伝子解析・ゲノム解析をし、同じ遺伝子螺旋をもつコピー人間を生み出すことです。恐ろしいことに、それは肉体だけでなく、頭脳そのものもコピーすることです。もうこれは、人間の域を超えた、神のみがおこなえる領域です。

過去において、ＺＦＮ（Zinc - finger nuclease）、ＣＲＩＳＰＲ／Ｃａｓ９というゲノム編集で、ジーク少佐あなたとクリスを生み出したジャニス博士は、あろうことか唯一生存した君たちに、ゲノム編集技術の名前をつけたのです。

一九六三年、「ドナ計画」が政府に発覚し、計画は中止になり、ＦＢＩの捜査が研究所にはいることになりました。ジャニス博士は証拠隠滅のために、妊娠二十カ月目だったアイ女史の胎児の処分を命じました。かねてからジャニス博士の非人道的研究に反発していた研究員が、私に連絡をくれました。新潟に隠居していた私ですが、何とかアイ女史の子ども、私の子どもを救いだすことができました。二十カ月の未熟児でしたが、今は立派な成人女性に成長しました。そう、私とアイとの子どもは女の子でした。名前はレラとつけました。アイヌ語で「風」という意味です。いまは、私の友人の養子となっています。このことは誰も知らず、ジャニス博士もアイ女史も子どもは死んだと思っています。なぜなら、この事実が少しでも漏れてしまうと、レラに危険が及ぶからです。

一九八六年、病院船「ゼウス」でまた「新ドナ計画」が復活したと聞き、私はジャニス博士の誘いにのったふりをして、デザイナーベビーたちにカメリア博士として教育を施しました。そしてジャニス博士に気づかれることなく、指示された学習領域以外の倫理学、宗教学、哲学の知識を子どもたちにインプットしました。それらの知識は生物年齢が二十歳になったときに、閾値下から意識上に現れるようにセットしておきました。ですから、ジーク少佐あなたとクリスは善人です。悪人になろうとしてもなれないのです。

クリスの救済方法は私にはわかりません。また救う時間もないようです。

　そして本題ですが、実は貴殿が知らない事実があります。本来、もっと早く貴殿にその真実を開示すべきだったと、私は悔やんでいます。

　ジーク少佐、貴殿が十五歳のころ、ジャニス博士の研究室で初めて日本人のデザイナーベビーが誕生しました。「J1」と名前を付けられた日本人ベビーは、「Japan Unit」という専用区画で極秘裏に育てられました。「American Unit」が生活拠点だった貴殿が彼の存在を知らないのは無理もないことです。そしてジャニス博士が「J1」に求めた能力は「透明」になることでした。身体的に透明なることではなく、精神が「透明人間」になることです。J1は、極秘中の極秘計画「ステルス・ソルジャー」の成果なのでした。J1は心というものを持っておらず、「自分」が誰かということも、理解していません。もちろん、普通に生活するに十分な知識は備えていますが、彼の脳は、プログラム以前のコンピュータのハードディスクのような状態なのです。J1のハードディスクには何のデータも存在しないのです。そして、彼の脳（ハードディスク）は十のスポット（記憶領域）に分割されてデザインされています。ですから、データマイニング技法で数値化した人物像A、さらに人物像B、人物像Cなるデータモデルを作成し、J1にディープラーニング方式で記憶させれば、J1は人物A、人物B、人物Cにもなることができるのです。これは人物A（B、C）に「化ける」ということではなく、J1はまさしく人物A（B、C）であり、本人も自分は人物A（A、B）と信じて疑わないことです。これが「ステルス」たる所以であり、誰もが、本人さえも気づかない「最強人間兵器」となるのです。Ｊ１は自分が主人格となり、他の交代人格をコントロールし、自由に自分という人格と他の人格を切り替えることができるのです。

そして、私はこの「ステルス・ソルジャー」計画は、Ｊ１の死亡により頓挫したと聞いていました。そのため、あえて貴殿にこのことは報告してなかったわけです。

ところが、つい先日、私の娘レラの紹介で一人の青年が私の研究室を訪問してきました。そう、鹿居青年です。そして私は、彼に「構造・深層下インタビュー」を行いました。驚くことに、レラが彼の異変を感じていたとおり、彼はいわゆる「多重人格者」でした。現在の主人格はもの静かな好青年の「鹿居純一」でありますが、危険な狂暴性のある他人格も垣間見えました。彼の語る記憶はすべて作り物であり、家族構成、学校生活などすべて虚構でした。しかし、彼は自分の虚構の過去を信じ切っており、まったく善良な鹿居青年になりきっています。

「ばかな！」

私は恐ろしい疑惑をいだきました。鹿居青年はＪ１なのではないか、という疑惑です。年齢はＪ１と同じですが、本当は彼は誰なのかと結論つけるには、さらに詳細な調査・検査が必要となります。

もし鹿居青年がジャニス博士の申し子なら、この上なく危険な存在です。ジーク少佐、くれぐれも鹿居青年に油断しないように、ご注意ください。

最後に君からの質問で「風の家　レラ・チセ」ですが、アイヌ語でレラは風、チセは家のことです。アイ女史は子どもを失った後、東京で「レラ・チセ」というアイヌ文化を伝承する展示館の館長をしていたことがあるのです。そして、雲がなく月がでた夜には、彼女はベランダに出てアイヌの伝承楽器ムックリを演奏していました。ムックリは通常は竹の素材のままで加工しますが、彼女の愛用のムックリとトンコリは赤色をしていました。鮮やかな赤ではなくくすんだ赤色です。

ナンバー5、彼女は「ジョニー」と名前をつけて埋葬しましたが、ジョニーの血を擦り込み磨きあげたムックリとトンコリでした。彼女なりの弔いの音色は、それは物悲しい調べでした。

「ゼウス計画」の成功を祈ります。また、私の娘レラをよろしくお見守りください。

Sincerely Yours,

椿　孝雄（カメリア）

十九　脱出

いよいよその日が来た。

僕はベランダに出て、海と山から運ばれてきた風を思いきり吸い込んだ。

今朝の空は青く澄みわたり、上昇気流にのりトンビたちが気持ちよさそうに旋回している。「もし生まれ変わるなら何になりたい」などと、たわいのない質問を耳にすることがあるが、僕はコアラになりたいかなと、これまでは思っていた。しかし、悠然と空の上から僕たち下界を鳥瞰しているトンビをみると、トンビもありかなと思う。

木村たちに監視されていることは間違いない。おそらく僕のパソコンのカメラか、テレビをとおして、いまの僕の行動を見張っているかもしれない。いや、最近付け替えられたモニター付きインターフォンがいちばん怪しそうだ。僕は綺麗に部屋を片付け、後日家宅捜索を受けてもいいように、少しでも手掛かりになりそうなものは白いスーパーの袋に入れる。海図、水中スクーターの取扱説明書、勉強会の資料、あわせても大した量ではなかった。幸いに今日は燃えるゴミの収集日だ。多少の私物、数枚の家族写真、通帳、印鑑、クレジットカード、免許証、現金などは、昨日のうちに実家の父あてに送付済だ。

僕はミキとデートしたときと同じ服装をする。空母「ロナルド・レーガン」のキャップを被り、緑のカーゴパンツを履き、両胸にポケットのついた白いキャメルの半袖シャツを着た。僕のいわゆる勝負服だ。もちろん靴はミキと偶然お揃いだったメッシュ地の赤いスニーカーだ。

腕にしたカシオの黒いGショックは、僕の就職をことのほか喜んだ母が贈ってくれたものだ。ソーラー電池、電波時刻合わせ、五十メートル防水、夜光針、そして衝撃にすこぶる強い。これなら今夜の爆発の衝撃にも耐えてくれるだろう。まるで、この日のためにあるような時計だ。そうそう、念のためあのアーミーナイフも持っていこう。顔見知りのゲートの警備兵は、金属探知機が鳴ってもまるで問題にしない。あとは、自分のスマホと、ジーク少佐から与えられたプリペイド携帯を胸ポケットに入れるだけだ。

最後に海兵隊員のようにベッドのシーツの皺をのばし、きちんとベッドメーキングする。冷蔵庫にはほとんど食糧が入っていないが、ゆで卵が一つあったので、いつものようにベランダのテーブルに置く。もうトンビの次郎は百メートルも上空から僕を見ているだろう。次郎という名前は僕が勝手につけた名前だが、どうみても同じトンビがいつも僕の部屋のベランダの先、数メートルを飛びすぎながら部屋を覗いている。マンションと対岸にある昭和の香りのする飲み屋の「さかえ屋」のお客の何人かは、トンビに餌をあげているようだ。

「トンビはとても目がいいんだ、はるか上空から小さなゆで卵を見つけるんだよ。トンビは白いゆで卵が大好きなんだ。ゆで卵を空中に投げてやると、それは見事にキャッチしていくよ」

あの人のよさそうな年老いた漁師のおじさんは、今でも元気にお酒を飲み、燈明堂の猫たちに餌をあげているかな。

「俺がまだ小学校低学年で、親爺と小舟に乗り浦賀水道で漁をしていた時、一機のグラマンに機銃照射を受けたんだ。真昼間というのに、堂々と奴は撃っては回転し戻り、三回も遊ぶように撃ってきたんだ。親爺の『潜れ！』という声で俺たちは船の下に潜り、鉄製の焼き玉エンジンの真下に隠れた。木製の船は穴だらけになり、俺たちは舟板につかまってやっと岸に辿りついて助かったのだ」

懐かしい思い出がよぎる。トンビがネズミやミミズも大好物なことを思い出し、来世はトンビになりたいなどと、一瞬でも思ったことを僕は後悔した。

「僕を忘れてないかい」

そうだった、カントの骨のかけらが入った小さなペンダントを、僕はお守りのように首にかける。水が苦手なカントは、これからの水中脱出を前に、かなり機嫌が悪いようだ。

「おはようございます」

管理人の小林さんがいつものように僕に声をかけてくれる。この人も木村の手先かもしれない。小林さんは僕がもっているスーパーの袋をじっと見ている。
マンションのごみ置き場に捨てちゃだめだ、小林さんが開けて中身をチェックするかもしれない。そう思った僕は、駅のすぐ手前の自治会のごみ置き場に捨てることにした。神経を研ぎ澄まし、油断してはいけない。

基地での仕事はいつものように淡々と進んでいるが、異なるのは、カービン銃を持った警備兵がいたるところで、張り詰めた顔をして立っていることだ。無理もない、連続殺人犯はまだ逮捕されておらず野放しだからだ。基地内の兵士たちは、犯人は5日前に出港した「ホワイトホーク」の乗員だろうと推理している。あれだけ基地の前や、市内に押しかけていたマスコミもほとんどみかけなくなった。マスコミも人々も飽きやすく、横須賀連続殺人事件はニュース性ということでは、早くも風化してきている。しかし、今夜にはまた、横須賀はこれまで以上に大騒ぎになり、マスコミの取材陣が殺到するだろう。テレビに大きく映し出された僕の写真をみて、父は何を思うだろうか。これは聖戦でもなくジハードでもないが、僕はこれから自分のすることを恥じてはいないし、誇りさえ持っている。そして、僕とクリス、アイさんとの新しい人生が始まるのだ。アイさんは、これからも僕たち二人の母であり、恋人でいるのだ。そして、僕は決してアイさんを死なせたりしない。そして、先に老いたクリスと僕はアイさんに看取られて死ぬことになるのだ。

クリスも静かにいつものように作業しているが、僕に話しかけてくることはなかった。でも、僕らは意識下でつながっているから、何の心配もない。僕も自分でもびっくりするくらい冷静だ。昼休みには、自分のロッカーを開け、装備を確認する。紺色の水溶性のつなぎ服、1ミリと極薄のウェットスーツ、6キロのウェイトベルト、スニーカーのように見えるマリンブーツ、すべて点検OKだ。適正ウェイトは体重の十分の一だから、65キロの僕は6・5キロとなるが、ジーク少佐はアルミタンク、潮流、海の深さ、僕の体力などを考慮して重さを計算してくれた。もちろん、クリスはウェイト不要である。逆に浮力が必要かもしれない。浮き輪をしたクリスの姿を想像したら笑ってしまう。ダンプカーのタイヤのチューブでなければ、クリスの身体は輪の中に入らないだろう。

「ぶはっ」

僕はマンション近くの燈明堂の海でのマスククリアの特訓を思い出す。シュノーケリングは得意だが、スキューバダイビングは二度しか経験がなく、ライセンスも持ってない。ヴェルニー公園から爆発と同時に、いや一瞬早く海に飛び込んで、海底5メートルに用意されている酸素ボンベを口にし、背負う。そして水中マスクをつけなければならない。マスク内の水を抜くことがマスククリアといい、一番大事な作業だ。

「ハミングすればいいのだよ」

ジーク少佐はいとも簡単に言う。

「①マスク上部を両手で押さえる、②上をむきながらハミングして鼻から息を出す、ただそれだけを練習すればいい」

「何をハミングすればいいですか」

「それは君が決めることで、何にするか君はもう知っているはずだよ」

ジーク少佐の瞳は、光の加減で金色と銀色に輝く。

海での特訓を三十分もしたら、ほぼ完璧にマスククリアできるようになり、僕は今回の脱出計画に自信をもった。


僕は夕方7時まで残業をし、誰もいなくなったロッカールームで、今日の戦闘装備をつける。ウェットスーツは採寸したように僕の身体にピッタリで、心地よい。ウェイトベルトはズシリと重いが、まあ普通に歩けるようだ。水溶性の紺色のつなぎは思ったより生地が厚い。実行の時までは濡らさないよう注意しなければならない。今日は晴天で助かる、運も味方してくれているようだ。

ピロン、と音がして、メール着信を知らせる。

「20時に待つ。一緒に花火を見よう。トンビは飛んだか」

木村からの最終確認メールだ。誰かに見られても、意味のない文面だ。

「トンビは飛び立った」

僕は、映画のセリフのようなその陳腐な合言葉につきあう。アジトを作戦本部と呼ぶように木村は自己陶酔型の性格であり、その木村の性癖をジーク少佐は見抜いており、木村を巧みに誘導して操っている。いよいよ実行の時がせまってきた。僕はロッカールームに立てかけられているモップを手にし、床に置いたスマホをモップの柄で粉々に砕いた。涙が溢れそうになるが我慢する。つなぎを濡らしてはいけない。もう三年も使っているスマホには、数々の思い出が詰まっていた。卒業式で微笑む僕、死を受け入れて透き通った顔をした病床の母、死の直前の光の弱まった瞳のカント、空母「ロナルド・レーガン」の雄姿、そっと盗み撮りをしたアイさんの横顔、猿島でワンピースのキャラクターと並んだミキと僕、僕とアームレスリングをしているクリス、数え上げればきりがない、写真の宝箱である。


指定されたヴェルニー公園のウッドデッキには、すでにクリスが到着しており海を見ていた。巨大なクスノキが、公園の照明に当たり複雑な影を落としている。Gショックを見ると夜光針は七時五十分を指していた。

「クリス、ウェットスーツは？」

クリスはいつものように、白いTシャツにカーゴパンツ姿だ。足元には大きな黒い円筒形のダッフルバッグを置いている。

「僕はいらない。僕の皮膚は暑さも寒さもあまり感じないし、なにより鋼鉄のように強い。ジュン、君はなかなか似合っているよ」

そっとあたりの様子をうかがうと、すでに僕たちは民間人に偽装した自衛隊員や警察官に包囲されているようだ。おそらく、目立つアメリカ兵たちも物陰に待機しているのは間違いない。木村が、僕たちが連続殺人犯だと警察に密告メールを送ったのはわかっているが、密告の信憑性を高めるために、一体証拠として何を提示したのだろうか、それが気になって仕方がない。おそらく汐入の駐車場でのクリスと僕の映像だろう。

僕たちは飛び込み地点であるベンチに移動する。ミキとの記憶が、抑えてもおさえても浮かんでしまう。ミキは無事に木村たちから逃れ、安全な場所に退避しているだろうか。ジーク少佐がうまく手配してくれていると信じよう。

そっと、身を乗り出して海面に目を凝らす。海水の透明度は4メートルはありそうで、簡単に水中スクーター、酸素ボンベなどの機材はみつけられるだろう。湾内ということもあり、波はまったくない。ただ、満月の月明かりが明るすぎるのが気になる。水中スクーターは電動なので音は問題ないが、僕たちが出す酸素の気泡が発見されないか心配だ。あとは、僕たちの幸運を祈るしかない。

ちょうど20時になったが、もちろん木村は現れない。どこか安全なところで、空母「ロナルド・レーガン」に僕が仕掛けたと思っている爆弾の起爆スイッチを、まもなく押すだろう。もちろん僕に渡された起爆装置は偽物にきまっている。自己陶酔型の木村が自分で起爆しないわけがなかった。そして、「ロナルド・レーガン」が爆破されると同時に、パニックとなったアメリカ兵たちは僕たちを蜂の巣にするだろうと、木村はほくそ笑んでいるだろう。ジーク少佐は木村の起爆信号を探知すると即座に病院船「ゼウス」を爆破するだろう。自分の計画とは異なる別の船の爆発に、状況が飲み込めない木村は混乱し、次には本能的に逃亡しようとするだろう。その前にクリスが木村たちの乗っているバンを爆破する手はずだ。モックくんと北見氏も木村と一緒にいるだろう。

ドドーン

稲光のような閃光とともに、轟音が響きわたり病院船「ゼウス」の中心部あたりで爆発が起きた。木村が起爆装置を押したのだ。何かの手違いで僕が仕込んだ生野菜コンテナが病院船に運びこまれてしまったと思うだろうか、いや木村のことだ、僕たちの陰謀とすぐ気がつくだろう。

病院船「ゼウス」には爆弾を仕掛けたので退避するよう、直前に警告しておいたので、千二百人もの乗員や医療従事者はすでに避難しており、乗船しているのは爆弾処理班の数名だけだろう。僕の勉強会仲間の、気立てのよい理系女史もいち早く避難していることを僕は祈る。僕とクリス、ジーク少佐、いや正確には僕たちチームの目的は、もちろんアメリカ兵や一般市民の虐殺ではない。この病院船「ゼウス」、そしてその船内に設置されているあの忌まわしくも危険な存在を抹殺するのが僕たちの目的だ。

一斉に投光器のライトが僕たちを照らし、クリスはすばやく両手を高くあげて投降の意思を示している。

「ジュン、手を上げて」

僕も慌ててクリスにならう。ここで撃たれてしまうわけにはいかない。

「投降せよ、投降せよ、武器を捨てろ！　Lay down your weapons !」

鳴り響くサイレン、怒号、投光器の光の束、そんななかでも目の前の海は、何事もなかったように静かにさざめいている。

「もうそろそろ終わりにしよう」

にらみ合いが続くなかクリスは静かにそういうと、手にした携帯を頭の後ろにまわし、発信スイッチを押した。すると、公園の外の封鎖された道路、五百メートルほど離れた場所から大きな爆発音がして、一台の黒いワゴン車が吹き飛ぶのが見えた。

あいつらだ、僕たちを利用し裏切った彼らは、僕たちが射殺されるのを見届けようとしていたのであろう。そして期待をこめてわくわくしながら双眼鏡を覗きながら、自分が死んだことも知らずに死んでいったことだろう。

「これでよかったんだよね」

僕は、今度は声にだしてクリスに聞く。

「そう、これでよかったのだ。すべて計画どおりだ。こんな状況だけど、君は飛び込む一瞬に集中することが、大事だよ」

クリスは巨大な六十倍率のフィールドスコープをひろいあげ構える。それは地面の上で影となっている巨人の手の棍棒のように見える。このスコープはカフェ「風の家」の備品であり、僕はこのスコープで浦賀水道を行きかう船をよく見ていたものだ。六十倍率ともなると、正確に船を捉えることは非常に難しく、ほんの数ミリずれても対象の船を捉えられない。正確に焦点を合わせる作業は僕を夢中にさせたものだ。

僕たちの足元には黒いダッフルバッグがあり、その中にはC4爆弾が2キロと、煙幕弾、閃光弾が入っている。さらに熱溶解性のビニール袋には僕たちの血液が十リットルもしまわれている。血液はジーク少佐が僕たちの血液を採取し、特殊培養して十リットルもの量にしたものだ。爆発とともに僕たちの血液は飛び散り、DNAを残す。起爆はクリスの手の携帯の2番を押せばよいだけである。

「ジュン、君のことは忘れないよ、僕は君のなかで生き続けられるかな。君は一人で飛び込むのだ。機材は一人分しかない」

「何を言っているんだい、クリス！　僕たちは一緒にこの海に飛び込むんだ！　それが僕たちが立てた計画じゃないか！」

　僕の悲鳴のような叫び声にも、クリスはゆっくりと首を振る。

「ありがとう、君の中の友達カントにもよろしく。君はこれから生き、僕は死ぬ。それが僕とジーク少佐の立てた計画だ。さあ、いこう。Man the ship and bring her to life、総員乗艦、艦に命あれ！」

　クリスは、あの言葉を高らかに叫び、片手でスコープを持ち上げ振り回した。巨人の棍棒が一閃して周囲を威嚇した。このとき、クリスは立派な海兵隊員になっていた、それも、とてつもなく勇敢な兵士に。

　クリスのスコープを銃と認識して、轟音がしてすぐに無数の白い細い光の糸が僕たちに向かってきた。熱い銃弾がクリスの身体を貫く一瞬前にクリスは爆弾を炸裂させ、立ち尽くす僕を海に突き落とした。クリスの動体視力と敏捷さはすばらしかった。冷たい海水が僕を包み、僕は思わず目をつぶる。地上では閃光弾と煙幕弾、Ｃ４爆弾の爆発により、三十メートル四方は何も見えないだろう。クリスの強靭な身体は弾丸によって引き裂かれ、爆弾により粉々に吹き飛んでしまっただろう。できれば、この海から堤防をはいあがり、クリスを抱きしめたかった。

でも、僕は月に向かって進むしかない。


海底に隠されているボンベの口を開き、まずひと呼吸する。そしてボンベを背負いマスクをする。そしてさんざん練習したマスククリアをする。

「ドンナ、ドンナ――」

ミキの口ずさんでいたあの歌を僕は強くハミングして、マスク内の水を排出した。開けた視界に、海上から無数の破片が落ちてくる。この破片のなかにはクリスの肉体もあると思うと、涙があふれる。真っ黒に塗られている水中スクーターの始動スイッチを入れると、小さなプロペラが音もなく回り始めた。まずは岸と直角に進み、防御網をくぐりぬけるのだ。スクーターにしがみつき進むと、すぐに防御網が視界に入り、わずかな隙間を僕のスクーターはすり抜ける。海水の冷たさが興奮した僕を冷静にさせてくれる。

頭上の海面を大きな白波をたてて掃海艇が数隻走っている。掃海艇のサーチライトが海上を舐めまわしている。僕は水中スクーターのアクセルを少し緩めて、モーター音を小さくした。水面下の監視ソナーも、海上の大騒音により僕を探知できないだろう。真珠湾攻撃の特殊潜水艇の乗組員の技量はすばらしかったのであろう。小さな潜望鏡を海上に出し、敵の監視の目をかいくぐり、防潜網を切り裂き魚雷を撃つ。ただただ彼らの勇気に敬服するばかりである。そして捕虜第一号となった青年にとっては、その後の人生がさらに過酷なものであったことは容易に想像できる。

軍港を出ると、海は嘘のような静けさだった。水深5メートルを維持して最高スピードの6・5km/hで進む。水中マスクをした僕の頬を、夏なのに意外と冷たい海水が切り裂いていく。バッテリー持続時間は四十分だが、それは中速で航行した場合の数値であり、このスピードでは二十分も持たないだろう。後にした軍港では大騒ぎになっていることだろう。

「さよなら、ゼウス」

僕は胸が詰まった。なぜ憎むべき病院船が沈んでいくのが、こんなに悲しいのだろう。予想したとおり潮流は速く、すごいスピードで僕の水中スクーターは進む。猿島のところで一度浮上して観音崎灯台を確認する。観音崎灯台は群閃発光、毎15秒に2閃光だ。「方角はよし」、また僕は水中5メートルまで潜航し、バッテリーが切れるまで進んだ。予想通り二十分ほどでスクリューは突然止まり、水中スクーターは海底にゆっくりと沈んでいく。すばやくウェイトをはずし、ボンベを脱ぎ捨てた。あとは、シュノーケリングで泳いでいくしかない。ウェットスーツの胸元をあけ、空気をいれて少しでも浮力をつけた。

注意しなければいけないのは、定置網のブイに引っかかったり、水面下に隠れた暗岩にぶつからないようにすることだ。モーターボートの釣り行でも暗岩がいちばんの曲者だ。微妙な海流の変化を読み取らなければならない。魚群探知機で気がついたときには、手遅れである。

——夜の海では方角を見失いやすいわ。星も羅針盤も役にたちはしない。月を探して、常に満月を左手に見るように進むのよ——

アイさんの言葉がよみがえる。僕は右に観音崎灯台の光を、左に夜空の満月の灯りを、僕の山ダテの指標として、正確に針路をとることができた。観音崎灯台を通り過ぎ、潮流はさらに速くなってきている。疲労と寒さで少し意識が遠のいてきている。右手にみえるのは、ゴジラのたたら浜だろうか？　家や街灯の灯りは暗く、よく地形が認識できない。方向を失いかけてきたとき、前方にかすかにかもめ団地が小さく見えてきた。

ガクッ

突然、首に何かが巻き付き、僕は悶絶した。どうやら、定置網のブイのロープが首に引っかかったようだが、潮流が激しく下半身が潮流の下方に流されて身動きできない。ロープには海藻がこびりつき、ヌメヌメとして手がすべる。とても手でははずすことができない。

「苦しい、もうだめだ」

首吊り状態の僕の意識は遠のき始めた。意識を失った頭の中をいろいろな光景が飛び回っている。脳への血流は閉ざされたのか、幻覚のように、僕の過去、真実の過去が見える。あれだけ輝いていた月を僕は見失った。

「僕はいったい誰なんだ？」記憶から消えていた僕の真実の過去がもうすぐ蘇りそうだった。


「ナイフだよ、ナイフで切って！」

カントが全身ずぶぬれになりながら叫んでいる。

そうだ、僕にはあのナイフがあるではないか。僕はベルトからアーミーナイフを抜き、何とか刃先を広げた。わずか刃渡り十センチのナイフだが、首に絡まったロープを何とか切断することができた。僕はまたナイフに助けられたのだ。

「ジュン！　右に直角に泳いで！」

今度はクリスが叫んでいる。クリスの力強い声はパニック状態の僕を落ち着かせてくれた。

「そうだった、よし、もうすこしだ！」

僕は自分を鼓舞し、潮流から離脱するために全力で右方向に泳いだ。このまま潮流に流されたら、はるか先の久里浜の火力発電所まで流されてしまうからだ。

僕の目ざすカフェ「風の家」は、かもめ団地のすぐ手前の小さな入り江にある。アイさんはベランダに立ち、道標のライトを点灯し、僕たちを待っていてくれるだろうか。アイさんは、僕だけ帰還したことを許してくれるだろうか？

「クリスは？」

きっとアイさんは責めるように僕に聞くだろう。僕の水中マスクのガラスは、外からは海水と油の汚れで、内からは僕の涙でくもり、ほとんど見えない。僕の周囲はいつの間にか青い光で包まれている。おそらく夜光虫の光だろう。月光の海に、夜光虫の青い光の海を切り裂いて僕は進む。


「光だよ、光が見えるよ！」

カントが叫ぶ。マスクを脱ぎ棄てるとすぐ前の入り江の奥に、「風の家」のライトがかか細く光って、僕を誘っているのが見えた。

最後の力をふりしぼり砂浜にあがった僕の身体は、全身、夜光虫の青い光に包まれている。安堵した僕の心にクリスの死にざまが襲いかかる。

僕は「風の家」にむかい、ただ、うつむいて歩く。突然、またいつもの頭痛が僕を襲い、激痛に頭を抱えて僕は砂浜に座り込んだ。

「やった！　クリスを自爆に追い込んだ！」

最大の標的クリスを倒したが、俺は手放しで喜ぶことはできなかった。俺の生まれた家である病院船「ゼウス」が爆破されたことは、手痛い誤算だった。また、ジーク少佐の爆殺にも失敗した。こっぴどくジャニス博士に怒られるのは間違いない。ジーク少佐の目を盗み、俺は確かに原子力空母「ロナルド・レーガン」にＣ４爆弾を仕掛けた。ジーク少佐爆殺のために彼の執務室にも爆弾を仕掛けた。病院船にジーク少佐が仕掛けた爆弾は、俺が渡した偽物だった。原子力空母「ロナルド・レーガン」を爆破し、ジーク少佐を爆殺し、木村一党も爆殺、あとはクリスに自爆させる、一石四鳥の作戦だった。しかし、「ロナルド・レーガン」も執務室も爆発しなかった。この計画の半分しか達成できなかったことになる。

俺は途方にくれた。あの狡猾なジーク少佐は俺の正体に気がついていたのだろうか、いつから気がついていたのだろうか、なぜ奴に気がつかれたのだろう？

ジャニス博士から俺に与えられた任務は、「ドナ計画」の残党であるクリス、ジーク少佐、遠藤アイの抹殺であった。予定外に「キュクロプスの眼」なるテロ組織が介入してきたが、逆に利用することで彼らに罪を被せることができた。「ロナルド・レーガン」の爆破は当初の我々の予定にはなかったが、ジャニス博士は基地を混乱させるために「キュクロプスの眼」の計画に便乗することにしたのだ。

また、さらに激しい頭痛が俺を襲う。

「なぜ、ゴードン軍曹とあの二人の黒人兵を、俺は殺してしまったのだろう？　あんな余計なことをしたから、基地の警備が厳重になってしまった」

米軍基地には、不良米兵が金網を破った秘密の出入口があった。ごく一部の米兵しかその出入口は知らなかった。不良米兵の一部はそこから門限破りをしていたのだ。俺はそこを利用して深夜に基地内に侵入した。ジーク少佐の執務室に爆弾を仕掛けるためだった。ジャニス博士はジーク少佐を一番警戒していたので、原子力空母爆破前にジーク少佐を抹殺するつもりだった。

ところが、岸壁の裏を通りかかると、クリスと米兵二人が揉めていた。俺は、あろうことか殺そうとしているクリスをいたぶる彼らに、猛烈に腹がたったのだ。クリスが去ったあと、俺は二人の米兵を簡単に葬った。死体をばらすのはナイフ一本で簡単な作業だった。ゴードン軍曹、あんなデブはちょろかった。解体するには少してまどったがね。タウン誌編集長の横溝を殺したのは、彼が病院船のなかを嗅ぎまわっていたから、殺したくはなかたがやむを得なかった。横溝の死体は、勝手知ったる病院船の死体置き場に投げ込んでおいたから、ジャニス博士が処理してくれたはずだ。

「あとは、遠藤アイの始末だな」

俺はアーミーナイフを握り占めた。

遠藤アイの奏でるトンコリの切ない音色だけが、陸からの風にのり、カフェからはるか海の彼方まで流れていく。そして、その悲しい音色から俺は知る、クリスが戻らないことを遠藤アイはすでに知っていることを。

遠藤アイの顔、クリスの顔がはっきりと浮かび、二人は俺に何か語りかけている。「何を俺に言いたいのだ？」、俺は耳を澄ました。猛烈な頭痛が俺を襲い、たまらず俺は砂浜に倒れた。俺の口に湿った粗い砂が入り込み、俺の舌にからみついてくる。

俺の中にはいくつの人格があるのだろう、頭痛で悶絶する俺の脳に、何人もの人格が現れては消えていく。見たこともない人格が叫び、砂を激しく叩いている。

「さよなら、クリス」、俺は言い、

「ようこそ、クリス」とカントは言う。

そして、潮が引いてまだ濡れている砂浜に俺は仰向けになる。

「星空はこんなに綺麗だったのか……」、満天の星々が俺に降りそそいでいる。

俺は、しあわせな眠りについた。

二十　エピローグ

あの爆破事件の夜に、カフェ「凪の家」の砂浜に倒れていた俺は、あろうことか殺そうとしていた遠藤アイに助けられた。激しい爆風を受けた俺だが、肉体的には無傷だった。しかし、交代人格の出現をコントロールできなくなった俺は廃人同様になっていた。そして、俺が「ステルス・ソルジャー」であることを知ったジーク少佐は、俺を椿博士の病院に入院させ、隔離病棟で治療に専念させた。

「J1くん、君には君本来の記憶というものがあるのかね？」

俺は広い病室の巨大ベッドに拘束されている。両腕、両足、首、腰が太い皮ベルトで固定されている。

「ジャニス博士は日本人初のデザイナーベビー『Japan Unit No.1』の俺を『Jun1（ジュンイチ）』と名付けた。そして俺を『ステルス・ソルジャー』に仕上げたのだ。知識としては最高の教育を受け、暗殺術を徹底的に仕込まれた。ただ人格というものがなく、脳内に記憶領域（スポット）を十も持っている俺は、データマイニングで人格データを取り込めば、ジャニス博士が設定した誰にでもなれた。主人格の俺J1以外に九人まではな」

「そして君は鹿居純一の人格の影に隠れて、米軍基地に潜入したわけですね」

その通りだが、鹿居純一という人格に俺は苛ついていた。まあ、周囲に疑われないためにあんな軟弱な人格設定だったのだろうが、あまりに情けない奴だった。「キュクロプスの眼」から派遣されたミキという小娘にははめられるし、木村の罠にも気づかない、おまけに駐車場では手痛く殴られるわ。あの時、俺が出現し助けなければ、鹿居純一は殺されていた。

「J1くん、J1の人格・記憶自体が作り物だと思ったことはないのかな？」

こいつは何を言っているのだ？　俺は俺だ。慌てた俺は、脳内の記憶の引き出しを探る。俺の引き出しは、三十万はある、病院船の引き出しだけで五千はある、ジャニス博士の引き出しはと、突然俺は不安になる。

「椿博士、あなたの記憶はどうなのだ？　人間の記憶など実体のないもので、少なからず誰もが偽の記憶を作り上げ、偽りの過去にしがみついているではないかい？」

「そうだね、本人が信じていれば、刷り込まれた虚偽の記憶も真実の記憶といってもよいかもしれないね」

椿博士はやはり天才と認めざるを得ない、博士は俺という人格を完璧に分析しデータ化した。そして不思議なことを俺に告げた。

「君は、なぜ人格の交代をうまくコントロールできなくなったか、その理由を理解していますよね」

俺は目を閉じた。そうだよ、俺は、本当は「鹿居純一」になりたかったのだ。鹿居純一の二年間の生活を、俺はずっと奴の背後にいて観察していた。いつでも必要となれば俺が主人格として登場する機会を窺っていた。しかし、虚構の人格鹿居純一は本当に存在している人格のように、生き生きと生活していた。クリスとの友情、つたない恋、死んでいった母親への思い、すべてが俺が持ち合わせていない感情だった。俺はいつのまにか、弱虫で情けない「鹿居純一」が好きになり、本当にこのままの人格でいたいと願うようになっていたのだ。鹿居純一の嘘のエピソードの一つ、猫のカントはそんな俺自身が作りだしてしまった交代人格だったのだろうか？　そして俺は壊れていく自分をカントに止めて欲しかったのだろうか。「カント」はアイヌ語で「空」という意味だ。俺はあのアイヌの遠藤アイから何らかの暗示をかけられ、彼女の呪縛に絡み取られていたのだろうか。

「俺は消えていくしかないのか？」

椿博士は俺の脳内に侵襲手術をして「J1の領域」を全摘することはしなかった。俺とのインタビューで俺を追い詰め、二度と俺が現れないように封印をしたのだ。そして長い治療の後、俺は消滅した。

＊

椿博士は僕の脳から「Ｊ１」の人格を除去し、僕の主人格を「鹿居純一」に固定することに成功した。いや、「除去」という概念は正確ではなく、Ｊ１という人格が出現しないように「封印」したのだった。そして、僕は正真正銘の「鹿居純一」となったのだ。

「人を三人も殺した僕は裁かれるべきですよね？」

「二十三もの人格があった犯罪者ビリー・ミリガンは裁判で無罪になっています。精神病院での治療を命ぜられましたが。鹿居純一という人格は無罪です」

椿博士の言葉に僕は頷くが、やはり心に引っかかるものがある。

「鹿居くん、君はいわゆる多重人格者ですが、君の中に存在する別人格は君が生み出したものではなく、ジャニス博士から植え込まれたものでした。そのような邪悪な人格はすべて君の脳内に封印しました。ただ、君は自分自身でも新たな別人格を作り上げている。最初はカントくんという別人格だけでしたが、事件後は、君のなかにはさらにクリスという別人格を造りだしています。今のところ、純一、カント、クリスの三者はうまく共存していて、情報と記憶を共有しています。私は君の症例を『吸収性共存型多重人格』と名付けました。精神医学会でもこの症例報告はありませんし、私はあえて君の事例を論文発表しません。『人格障害』ではなく、逆に『アドバンテージ』といえます。特にこれから君たちが始める探偵業務においては、カント人格の鋭い観察力・嗅覚が役に立ち、格闘場面ではクリス人格に前面に出てもらい、悪人どもをなぎ倒していけます」

*

「横須賀米軍病院船爆破事件」および「横須賀連続殺人事件」は、犯罪組織「キュクロプスの眼」の犯行とされ、僕とクリスは一連の事件とは関係がなく、爆発に巻き込まれての事故死と報道された。そして追い詰められた木村、北見、ミキたちは自爆したとされた。ジーク少佐が陰で情報操作したことは疑いようがない。

病院船「ゼウス」で行われてきた数々の人体実験は、米軍内で徹底調査され全貌が明らかにされたが、もちろん真実は米軍の最高機密とされ、公表されることはなかった。ジャニス博士は重大犯罪人として指名手配されたが、いまだに逮捕されていない。

もちろん、ワイドショーではいろいろな憶測や推理が語られ、事件の余波が沈静化するのに一カ月ほどかかったのは、いたしかたないことだろう。

僕が不安に感じたのは、あのモックくんの死体がでなかったことと、ジャニス博士の行方だ。彼らはしぶとく生き残っていて、今でも僕たちを付け狙っているような気がしてならない。彼らが逮捕されない限り、この事件の決着がつかないといえる。

僕とアイさんは、事件後にジーク少佐の手配により新しい戸籍を与えられ、まったくの別人としての生活をスタートさせた。ジーク少佐は米軍の士官という職務を越えて、情報組織「ファイブ・アイズ」の幹部であり、今は、日本・インドを加えた「セブン・アイズ」の構築に尽力している。

アイさんは今では、海の見える老人ホームの施設長となり、しかたないことだが僕とは連絡を絶っている。そして僕はといえば、ジーク少佐の提案により、この小さな探偵社を横浜に開いたのだ。そして、やはり探偵社の一員となった倉沢レラ女史は精神心理学の専門家として活躍してくれている。

そのような背景から、倉沢レラがデザインした探偵社のマークは、「僕、海兵隊員クリス、猫のカント」のシルエットである。そして探偵社の名前は「鳥尾探偵社」であり、僕の新しい名前「鳥尾俊」からとられているが、僕の心の中では三人体制の「トリオ探偵社」であり続けている。このマークについては、マスコミの取材時にも何度となく聞かれたが、「猫好きだから」とか、「海兵隊の強さに憧れたから」とか、適当に答えざるをえなかった。椿博士と倉沢レラは、これからも僕を稀有な被験体として観察し、検査し、いつか素晴らしい多重人格者研究の精神医学論文を書き上げることだろう。

僕は事件後にジーク少佐から渡された椿博士の日記と手紙を手にし、あらためて博士の思いを知る。椿孝雄博士と遠藤アイの娘、倉沢レラを、僕はなんとしても守らなければならない。そしていつか、『キュクロプスの眼』とジャニス博士からの脅威が去ったと確信できた時には、アイさんとレラに真実を伝えることができ、親子の対面を実現できることだろう。

あれほどひどかった頭痛は、今では嘘のように消え、僕は穏やかな眠りにつけるようになった。

僕はしあわせに眠りにつく……

（完）

【謝辞】

本書を執筆するにあたり下記の方々に大変お世話になりました。謹んで感謝を述べさせていただきます。

「ロッケくん」 江波戸永高氏
ダイニングカフェ「風」 山下勝二氏
バー 「ノブズ」 北見雅則氏
居酒屋 「白根家」 斎藤重夫氏

【君和田 怜】

ドイツ文学研究家、フリーエディター
『小さな時計台が語る小さな町の物語』(2022.12)
『財布を咥えた犬は笑わない』(近刊)

原子力空母を撃て!

2023年1月3日　初版第1刷発行

著　者　君和田 怜
発行所　株式会社 牧歌舎 東京本部
〒101-0064 東京都千代田区神田猿楽町 2-5-8 サブビル 2F
TEL 03-6423-2271　FAX 03-6423-2272
https://bokkasha.com　代表 : 竹林哲己
発売元　株式会社 星雲社(共同出版社・流通責任出版社)
〒112-0005 東京都文京区水道 1-3-30
TEL 03-3868-3275　FAX 03-3868-6588
印刷・製本　冊子印刷社(有限会社アイシー製本印刷)

ISBN 978-4-434-31433-9　C0093